La Saga des Wingleton

Tome 3 :

Nick

Lola Blood

LA SAGA DES WINGLETON

Tome 3 :

NICK

Lola Blood

www.soromance.com

Chapitre 1

Un vrombissement retentit dans la nuit et une moto noir et rouge s'approche d'un chalet en bois. Le motard y entre, défait sa cravate, enlève sa veste de smoking, sa chemise, se sert un whisky et se met à l'aise dans son canapé. Un énorme terre-neuve noir s'approche de lui et renifle la main de l'homme à la recherche d'une caresse.

— Je suis désolé Black, mais je suis sur les rotules ! Encore une animation qui a fini tard, je ne suis plus sûr de vouloir cette vie, courir de fête en fête... cela ne m'amuse plus !

Son portable se met à sonner, il le prend, voit un numéro qu'il connaît bien. Il ne veut pas répondre et se replonge dans son verre de whisky avant de se préparer pour aller à son bar fétiche.

Non loin de là, devant le bar en question, un taxi s'arrête et une jeune fille de 19 ans en descend avec sa valise. Elle semble sortir tout droit d'un conte d'autrefois. Elle regarde autour d'elle et voit le fameux bar, des motards sont installés sur leurs motos en train de fumer, de boire, de rigoler. La tête haute elle décide de traverser le groupe de biker et de s'approcher des portes du bar. Elle voit une annonce, la prend et fait son entrée dans le bar sous les gloussements des femmes qui se moquent d'elle. Elle va à grands pas vers le comptoir et regarde la barmaid. Cette dernière arrête d'essuyer les verres et la dévisage, les motards ont également arrêté de parler. Il faut dire que la jeune fille est vêtue avec une longue robe fleurie à manches longues et allant jusqu'aux pieds, un énorme chapeau orne également sa tête. Le style d'ici c'est plus veste et pantalon en cuir pour les hommes et tenue sexy pour les filles. La jeune fille ne se démonte pas et tend l'affiche.

— Je viens pour l'annonce.

Une autre femme sort de la cuisine, elle s'approche d'elle en souriant.

— Tu as l'air toute mignonne, mais nous avons besoin d'une personne polyvalente, tu as vu ? Je ne vois pas ce qu'on pourrait te donner à faire, le travail que nous demandons est très physique.

— Oui vous recherchez une chanteuse, mais également une serveuse et une cuisinière, non ?

— Oui, c'est exact, je ne veux pas te vexer, mais tu ne corresponds pas tout à fait au profil !

— Vous ne m'avez pas entendu chanter encore et je ne...

À ce moment-là un homme qui était assis au comptoir se retourne et la toise. Il doit avoir une trentaine d'années environ, assez grand et mince, cheveux bruns et yeux marron. Ce dernier aborde un sourire charmeur et moqueur en même temps, il joue avec ses clés et s'adresse à la jeune fille.

— Écoute ma belle, je crois que tu t'es trompé d'endroit, ce n'est pas pour les petites filles ici ! Après tu n'es pas désagréable à regarder alors si tu es en manques de frissons, moi c'est Caleb, je peux te faire passer un bon moment...

Dans la salle un autre homme se lève, celui-ci est assez gargantuesque, il doit mesurer plus d'un mètre quatre-vingt-dix et sa carrure est très impressionnante. Il gagne le comptoir et s'approche de Caleb.

— Caleb ! Fous-lui la paix !

L'homme se montre même menaçant envers Caleb. La barmaid décide d'intervenir.

— Domi a raison, laisse-la tranquille ! On dirait une biche apeurée ! Bon, écoute, tu as l'air de sortir tout droit de « La petite maison dans la prairie », mais je veux bien te laisser une chance, enfin tu vas faire un essai. Tu vas commencer en cuisine et ensuite on va voir ce que tu donnes en tant que serveuse et chanteuse.

La jeune fille remercie la barmaid en lui promettant de faire de son mieux et se dirige vers les cuisines en posant sa valise dans le couloir. La barmaid et une autre femme la rejoignent.

— Pour info, moi c'est Kate et voici ma femme, Anaïs !

— Enchantée, moi c'est Crystal !

— Crystal ? C'est un pseudo ?

— Non je vous assure, c'est mon prénom, je peux vous montrer ma carte d'identité si vous voulez.

— Non ce ne sera pas la peine, je te crois ! Bon alors tu vas nous faire quoi pour nous montrer tes talents de cuisinière ?

— Je ne sais pas, que servez-vous habituellement ?

Les deux femmes rigolent et expliquent à Crystal que d'habitude c'est des boîtes de conserve et des sandwiches.

— N'oublie pas que dans mon bar il y a que des motards, alors ce n'est pas un restaurant chic ici !

— Je comprends, ne vous inquiétez pas, pour mon essai, je vais faire simple, on va rester dans une cuisine familiale ! Par contre, il me faudrait certains ingrédients.

— Anaïs va te les chercher, elle doit aller en ville. Tu lui fais une liste et c'est bon.

Crystal fait sa liste et Anaïs part en ville pour faire ses affaires et les courses. Pendant ce temps Kate essaie d'en apprendre un peu plus sur sa nouvelle employée.

— Bon d'où tu viens ? Que viens-tu faire dans ce trou perdu ?

— Je suis obligée de répondre à toutes vos questions ? Je ne veux pas paraître impolie, mais...

— Mais, tu ne veux pas en parler. Pas de soucis, je comprends !

— Merci beaucoup. Je voulais vous demander si vous connaissiez un bon hôtel dans le coin.

— Un hôtel ? Ici ? Heu... il n'y a en a pas ici, le plus près est à 30 km. Je pense que tu dois avoir des chambres d'hôtes, mais je n'en suis pas sûre.

— Je vous remercie. Je vais chercher de mon côté, ne vous inquiétez pas.

Kate s'apprête à sortir de la cuisine, car elle a entendu la porte de son bar s'ouvrir, puis réfléchit et revient vers Crystal.

— Ici c'est la famille, alors on se tutoie ! Certes tu n'es qu'en essai mais je ne fais pas la différence, si je t'ai ouvert la porte c'est que tu fais déjà partie de l'équipe !

Crystal lui sourit et commence à se familiariser avec la cuisine, elle regarde l'emplacement de chaque chose. Au bout d'une heure, Anaïs est de retour avec les produits. Crystal se met à l'œuvre et en quelque temps tout est prêt, une magnifique daube en sauce chatouille les narines des clients depuis la cuisine. Dans la salle du bar, les clients se font de plus en plus nombreux et surtout curieux. Caleb s'approche du comptoir avec un petit sourire.

— Ça sent bon ! Vous avez ouvert un livre de cuisine ? Vous avez acheté au traiteur ?

— Mais dis-moi tu as beaucoup d'humour aujourd'hui ! Pour ton information, c'est notre nouvelle recrue, Crystal, qui a fait à manger !

— Crystal ?

— Oui, c'est le prénom de la jeune fille que tu as gênée tout à l'heure !

— Ouais, ça va...

Domi s'approche également du comptoir et, attiré par l'odeur, commande un plat. Bientôt le bar de Kate est rempli. Anaïs s'approche d'elle en l'embrassant dans le cou.

— Il y a du monde ce soir ! C'est vraiment génial.

Kate la prend par la taille et l'embrasse avec douceur.

— Oui, il manque juste le chanteur ! Il m'agace celui-là ! Jamais à l'heure !

Kate attrape son portable et compose un numéro, mais personne ne répond. Crystal fait son apparition au même moment. Caleb et Domi la félicitent aussitôt pour le repas.

— C'est juste de la cuisine familiale, ce n'est rien !

— Ho si je t'assure, ici c'est beaucoup de manger ça ! Je dirais même que c'est du luxe !

Kate se retourne vers Domi et le fusille des yeux.

— Si tu n'es pas content mon cher Domi, tu sais où tu peux aller. Dis-moi Crystal, tu ne voulais pas me montrer tes talents de chanteuse ? C'est le moment ou jamais, notre chanteur national n'est pas à l'heure et les clients commencent à s'agiter !

— Bien sûr que je peux ! Il y a un style de musique particulier ici ?

— Ce que tu veux, tant que ce n'est pas une chorale !

Crystal rigole et dit à Kate de ne pas s'inquiéter que ce n'est pas son genre de répertoire.

— Par contre, il y a des musiciens ou autres ? Comment fonctionnez-vous ?

Caleb se lève et annonce qu'il va jouer avec ses musiciens pour l'accompagner.

— Je vous remercie beaucoup, c'est gentil

— Mais de rien, ma beauté ! Comment pourrais-je refuser !

Crystal monte sur la scène sous le regard de tous les clients. La lumière se baisse et elle annonce à Caleb et les musiciens la chanson qu'elle désire : *La seine* de Vanessa Paradis. Les musiciens jouent et Crystal commence à chanter. Malgré son apparence fragile, on ne peut que constater son aisance. Les clients applaudissent et s'approchent de la scène. Kate et Anaïs soufflent.

— Heureusement qu'elle nous sauve la mise ! En plus elle a une jolie voix.

— Tu as essayé de le joindre ?

— Oui, mais il ne répond pas et... le voilà !

Un homme entre en trombe dans le bar et se dirige vers les filles. Il manque même de faire tomber une bouteille qui se trouve sur le comptoir.

— Désolé les filles, j'ai eu un problème avec ma moto sur la route et en plus je suis claqué, pardonnez-moi !

L'homme leur fait les yeux doux. Les filles le regardent et soupirent en levant les sourcils ; elles ne peuvent pas résister.

— C'est bon Nick, arrête de faire ces yeux-là avec nous, tu sais que ça ne marche pas, peut-être sur les autres filles, mais pas sur nous. Je te rappelle que nous sommes en couple et que ton charme n'opère pas !

Il faut dire que le fameux Nick en question fait tourner la tête de toutes les filles. Doté d'un physique très attirant, il s'entretient bien et le fait savoir à ces demoiselles. Il arrive souvent au bar vêtu seulement d'un simple jean, laissant apparaître son torse aux regards des filles. Et elles ne se faisaient pas prier pour passer du bon temps avec lui. Mais en attendant, Kate voulait qu'il redescende un peu de son nuage de « badboy », comme il aimait le prétendre.

— La prochaine fois, essaie de nous avertir. Hormis le fait que je m'inquiétais, je n'avais pas de chanteur... enfin avant que Crystal ne chante !

— Crystal ?

— Oui, notre nouvelle recrue ! Tu vois, Nick, apparemment tu n'es pas le seul dans le coin à chanter.

Nick se tourne vers la scène et découvre Crystal en pleine interprétation. Il commande une bière, l'écoute et la regarde attentivement.

Une fois fini, Crystal descend de la scène et rejoint les filles derrière le comptoir.

— Ça vous a plu ? Vous avez aimé ? J'ai fait ça à la va-vite.

Kate se retourne vers Nick et le questionne du regard.

— Qu'en as-tu pensé, Nick ? Après tout, c'est toi le professionnel.

Nick regarde Crystal et prend une grande respiration en voyant les yeux de la jeune fille plonger dans les siens.

— Je dois dire que pour son jeune âge, sa voix est plutôt pas mal !

Nick s'éloigne du bar et monte sur scène pour faire le show à son tour. Crystal le regarde puis se tourne vers les filles.

— Je ne vous ai pas encore montré mes talents de serveuse mais je peux tout faire, vous ne serez pas déçues. Vous me prenez ?

Kate et Anaïs lui sourient et lui disent qu'elle est prise, puis elles lui annoncent également qu'elles ont un accord à lui proposer.

— J'en ai parlé avec Anaïs... nous n'avons pas assez pour te payer un salaire à temps plein, mais si tu le souhaites, on peut te proposer un compromis. Logée, nourrie, blanchie plus la paie d'un demi-SMIC. Voilà notre proposition, pour le logement c'est notre bureau avec un canapé-lit. Qu'en dis-tu ?

— Je prends ! Je vous remercie sincèrement de me donner cette chance, je vous promets de ne pas vous décevoir ! Croyez-moi !

— On n'en doute pas... par contre... il va falloir revoir ta tenue ! Le style de « *La petite maison dans la prairie* » ce n'est pas possible, pas ici !

— Heu... vous voulez que je m'habille comment ? Je ne vais pas me mettre en mini-jupe et...

— Calme-toi ! Au moins un jeans et un t-shirt ! Je ne te demande pas plus, nous sommes dans un bar et non dans un club de strip-tease !

Crystal rigole tout en regardant la scène en même temps. Elle ne peut s'empêcher de voir Nick donner de sa personne et surtout de voir certaines filles qu'elle n'avait pas vues avant se trémousser devant la scène. Crystal regarde la façon dont elles sont toutes habillées. Elle s'éloigne dans la cuisine en se parlant à elle-même.

— Elles sont vulgaires, si elles savaient ce que certains hommes pensent de leurs tenues !

Crystal finit de faire la vaisselle et sort les poubelles. Au moment de porter l'une d'elles, elle reçoit une aide inattendue. Le chanteur, en train de fumer, lui en prend une des mains et la hisse en haut du conteneur.

— Besoin d'aide ?

Crystal reconnaît bien Nick, même si ce dernier a remis son blouson de moto, et prend un air de macho.

— Je vous remercie beaucoup.

— Je n'ai pas eu le temps de me présenter dans les formes tout à l'heure, je m'appelle Nick, toi c'est Crystal à ce que j'ai cru comprendre !

— C'est exact et si je peux me permettre, vous chantez très bien !

Nick rigole en la remerciant et lui retourne le compliment.

— Tu chantes depuis longtemps ? En professionnelle ?

— Je chante depuis que je suis toute petite, et non pas en pro, je le fais comme ça. On pourrait dire que je suis une chanteuse de salle de bain !

— Je ne dirais pas ça ! Tu es loin d'être une chanteuse de salle de bain, crois-moi !

— Vous êtes du métier à ce que j'ai cru comprendre.

— On peut dire ça, oui. Ta voix est vraiment belle, crois-moi !

— Dans ce cas, je vous remercie.

Au même moment la porte s'ouvre et Kate fait son apparition.

— Crystal, tu t'en sors, on ne te voyait pas revenir et... ho...

Kate arrête de parler en voyant Nick appuyé sur le côté du mur. Il finit sa cigarette, s'excuse auprès des deux femmes et entre de nouveau dans le bar. Kate se retourne vers Crystal avec un petit sourire.

— Tout va bien ?

— Bien sûr, nous étions en train de parler de ma voix. Ce n'est pas un chanteur occasionnel, il s'y connaît vraiment ?

— Nick ? Bien sûr ! Il a un studio de musique en ville ! Il a lancé beaucoup de personnes dans ce milieu ! C'est également un auteur et compositeur. Il a énormément de talent ! Il anime des mariages, des fêtes et certains anniversaires.

— Mais, pourquoi ne fait-il pas sa propre carrière ?

— Il ne veut plus, il a testé un moment, mais... ça ne lui a pas convenu. Nick est très difficile comme homme et il n'est surtout pas facile à cerner ! Il se donne un genre en faisant le « bad boy », mais ce n'est pas lui, c'est une personne généreuse, serviable et gentille. Mais ça, pas beaucoup de gens le savent. C'est en lui, ce n'est pas un homme qui se livre facilement. On a énormément de mal à le déchiffrer. Il n'y a qu'à voir en domaine de femmes, il est nul !

Crystal esquisse un petit sourire et Kate continue son récit.

— Pourtant elles lui courent toutes après ! Il peut avoir celles qu'il veut, mais il ne restera jamais avec, il a toujours eu des aventures sans lendemain... Après je sais qu'il n'y a pas si longtemps de ça, peut-être trois ou quatre ans il y a eu quelqu'un qui a compté, mais...

— Si tu pouvais éviter de dévoiler ma vie sur un plateau d'argent a tout le monde, j'en serais ravi Kate ! Tu devrais rentrer, Anaïs t'appelle !

Nick est à côté de la porte et regarde Kate dans les yeux et n'a pas l'air très content, Kate s'excuse et s'en va. Crystal veut la suivre, mais Nick lui bloque la route avec son bras.

— Si tu voulais savoir quelque chose sur moi ou autre, gamine, il fallait me le demander !

— Laissez-moi passer, je vous prie !

Nick toise la jeune fille de toute sa carrure. Malgré sa crainte, elle soutient son regard. Ça fait sourire Nick.

— Mais dis-moi, la petite souris se défendrait-elle ?

— Je doute que vous vouliez voir ce que « la petite souris » est capable de faire, maintenant je vous prie de me laisser passer !

Nick sourit et enlève son bras, Crystal avance vers la cuisine et se retourne vers Nick au dernier moment.

— Sachez monsieur, que vos débats amoureux ou sexuels ne m'intéressent guère. Je dois juste avouer que Kate a l'air d'avoir la parole facile, c'est elle qui m'en a parlé, en aucun cas je ne me serais permis de poser ce genre de questions intimes ! Maintenant si vous voulez bien m'excuser, je dois retourner travailler !

Nick plonge son regard dans le sien et avec un large sourire, lui fait une révérence digne des princes de contes de fées.

— Mais je vous en prie, Votre Altesse !

Crystal disparaît dans la cuisine en tournant les talons précipitamment, sous les rires de Nick.

Une fois dans sa cuisine, Crystal ne peut s'empêcher de parler seule.

— Mais il se prend pour qui ce... ce voyou, à me parler comme ça ! Je ne veux plus me laisser faire, je ne suis pas venue ici pour subir, encore une fois, les humeurs d'un homme ! C'est fini, je ne veux plus...

Une larme commence à perler sur la joue de Crystal. Une main sur son épaule la fait sursauter.

— Ça va, la miss ? Il s'est passé un truc avec Nick ? C'est de ma faute, je n'aurais pas dû te raconter tout ça, il n'a pas eu l'air d'être content.

— Non, Kate, tout va bien, ne vous inquiétez pas.

— Bon, si tu le dis, par contre... Il faut vraiment que tu arrêtes de me vouvoyer ! J'ai l'impression d'avoir soixante ans ! On doit avoir quatre ou cinq ans d'écart ?

— J'ai dix-neuf ans et demi, mon anniversaire est dans un mois.

— Donc tu as vingt ans ! Tu es sérieuse ? Il faut vraiment que tu enlèves ces vêtements de grand-mère bourge ! Tu as l'air d'en avoir dix de plus ! Moi, j'ai trente-deux ans, mais ce n'est pas une raison pour me vouvoyer. On est tous dans le même bateau !

— Trente-deux ans ? Vous... Enfin, tu ne les fais pas !

— Merci beaucoup, très bon point de ta part !

Les deux femmes éclatent de rire au moment où Anaïs fait son entrée dans la cuisine.

— Dis-moi, Cristal, tu es bien hétéro ? Je pourrais être jalouse en voyant cette scène !

Kate sourit et s'approche de sa compagne, elle la tire à elle par la main.

— Il n'y a qu'une seule femme dans ma vie et c'est toi ma puce ! Je suis tout à toi, corps et âme, et tu le sais !

— Vous faites un couple magnifique, vous êtes si belles.

Anaïs vient vers elle et la remercie. Kate explique à sa compagne la conversation qu'elle vient d'avoir avec Crystal.

— Vingt ans ? C'est une blague ! Il faut vraiment que tu te changes, ma belle, tu ne peux pas te cacher derrière des vêtements affreux comme ça, Kate a raison !

— Je n'ai pas envie de changer de style, je n'aime pas les jupes, les robes courtes, les tops sexy et...

— Houla ! Ne te méprends pas, je ne vais pas te mettre sur le trottoir demain ! Mais tu sais un jeans, un top à bretelle peut être un bon début !

— Je n'aime pas trop les bretelles...

— Difficile ? Hum, j'ai connu plus coriace que toi ! Bon on verra ce qu'on peut trouver de potable dans tes affaires !

Les filles finissent leur conversation et tout le monde se remet au boulot. Vers trois heures du matin, les derniers clients s'en vont. Domi embrasse Crystal sur la joue en lui disant que son repas était divin. Caleb prend la jeune fille par la taille, mais cette dernière se débat en lui griffant le bras.

— Hé ! Mais ça ne va pas la tête ! Je n'allais pas te violer non plus ! C'est juste affectueux !

— Il y a d'autres moyens pour être « affectueux », comme vous dites ! Ne me touchez plus, ne vous approchez plus de moi !

Caleb se rapproche une nouvelle fois, par défi, de la jeune fille, mais une voix grave le stoppe.

— Je crois qu'elle t'a spécifié de ne pas l'approcher, Caleb, il me semble, non ?

— Tiens Nick, toujours dans un coin sombre à défendre la veuve et l'orphelin ? À moins que... elle t'ait tapé dans l'œil, la miss ?

— Arrête tes conneries ! C'est une gamine et non une de tes poufs ! J'ai dit stop !

Kate regarde tour à tour Caleb et Nick et sent la tension entre les deux hommes monter

— Je vous préviens, pas de bagarre dans mon bar, tous les deux. Quant à toi Caleb, Nick a raison, c'est une gamine, fous-lui la paix !

— Ouais, ouais, c'est bon !

Caleb regarde Crystal et la détaille de bas en haut, à la manière d'un homme des cavernes.

— Enfin pour une gamine elle a tout ce qu'il faut, là où il faut, même si elle essaie de le cacher derrière ses vêtements de vieille ! Si tu changes d'avis ma belle, tu sais où me trouver, je peux te faire vivre de sacrées expériences, te laisser un souvenir inoubliable !

— Vous me dégoûtez, vous êtes écœurant, jamais vous ne me toucherez !

— Tu serais surprise, je vais te faire...

Caleb n'a pas le temps de finir sa phrase, car il se retrouve éjecté dehors par Nick. Ce dernier regarde Kate.

— Je crois qu'il a un peu trop abusé sur la boisson, je vais lui remettre les pendules à l'heure !

— N'y va pas trop fort, tu le connais, un vrai coureur de jupons ! Mais là... C'est une gamine et je ne veux pas d'histoire !

Nick plonge une nouvelle fois son regard dans celui de Crystal et, malgré le fait qu'il puisse y lire de la vulnérabilité, il lit également une force et une rage intérieure incroyables.

— Ho je doute qu'il en fasse et puis, « la petite souris » sait se défendre à mon avis, bonne soirée les filles.

Les filles rentrent, sauf Crystal qui continue à regarder Nick. Ce dernier soutient son regard avec défi.

— Ne joue pas avec moi, tu vas te brûler, « petite souris » ! Crois-moi, je ne fais ni dans le romantisme ni dans la tendresse !

— Faites attention à ce que vous dites ou vous faites, je pourrais vous prendre au mot !

— Désolé, mais je n'ai pas le temps de jouer à ce jeu et je n'ai pas envie de ça avec toi, « une petite souris » comme toi doit rêver du grand amour, du prince charmant et je suis loin d'en être un ! Bonne soirée !

— Je pense sincèrement que vous ne me connaissez pas du tout et vous seriez surpris ! Bonne soirée !

Crystal fait demi-tour et rentre dans sa chambre à l'étage. En ouvrant la porte, elle voit Kate et Anaïs au-dessus de sa valise. Elles sont horrifiées.

— Attends, tu es sérieuse, là ? On dirait la valise d'une vieille dame de quatre-vingt-dix ans ! Certes les vêtements sont de très bonne qualité, mais... mon dieu c'est horrible !!

— Les filles, je n'ai vraiment pas envie de parler de ça avec vous !

— D'accord, mais il va sérieusement falloir changer tout ça. Pendant que tu vas prendre ta douche, je te prépare des fringues, tu vas essayer !

Crystal ne dit rien et file à la douche. Elle ferme la porte, enlève sa robe, se regarde dans le miroir puis rentre dans la douche.

De l'autre côté dans la chambre des filles, Kate attrape un jeans, un top à bretelle et une veste. En n'entendant plus l'eau couler, elle se permet d'ouvrir la porte.

— Tiens, voilà des fringues potables et... mon dieu !

Kate se fige en voyant le corps de Crystal. Cette dernière essaie de se cacher le plus possible avec une serviette, mais c'est peine perdue. Kate s'approche d'elle lentement.

— Mais... qui t'a fait ça ? Tu es couverte de bleus... Il y en a des plus anciens, mais celui à l'omoplate est récent et...

— Laisse-moi tranquille, on ne t'a pas appris à frapper avant d'entrer ! Je sais que c'est chez toi, mais... laisse-moi passer maintenant !

Crystal prend les affaires des mains de Kate, traverse le salon et s'enferme dans sa chambre. Elle ne relève même pas le fait que Kate l'appelle. Anaïs rattrape sa compagne dans la salle à manger.

— Mais que s'est-il passé ?

— Je comprends tout... Voilà pourquoi elle a des fringues comme ça ! C'est pour se cacher !

— Se cacher ? Mais de quoi ? Tu vas me dire ce qu'il se passe ?

— Anaïs... Elle est comme j'ai été... Elle est...

Kate ne finit pas sa phrase, car elle entend un énorme bruit dans la chambre de Crystal. Les filles essaient d'ouvrir la porte de la chambre, mais quelque chose bloque l'accès. Kate parvient tout de même à l'ouvrir. Elles découvrent une chambre vide, il n'y a plus d'affaires, la fenêtre est grande ouverte, elles s'y précipitent.

— Crystal ? CRYSTAL ?

Aucune réponse, seuls leurs échos résonnent dans la nuit. Kate court à la salle à manger et attrape son portable, Anaïs arrive derrière elle.

— Que fais-tu ?

— Je l'appelle !

— Tu as son numéro à elle ?

— Non, je l'appelle lui, il peut la ramener, il peut lui parler. Anaïs, elle est comme moi. Crystal a été battue, j'en suis sûre ! Une seule personne peut lui parler et la ramener ici. Je dois l'appeler et lui expliquer. C'est lui qui m'a aidée à m'en sortir, c'est grâce à lui que je t'ai rencontrée et que j'en suis là ! Il le fera et elle l'écoutera, j'en suis sûr, il faut l'aider !

— Alors, vas-y, appelle-le !

Chapitre 2

Nick arrive chez lui, se déshabille et va sous la douche. À peine sorti de la douche que son portable sonne. Il met sa serviette autour de la taille et répond.

— Ouais ?

— Nick ? C'est Kate, il faut absolument que tu me rendes un service, c'est urgent.

— Que se passe-t-il encore ? Il est quatre heures du mat ! Tu t'es coupée ?

Nick ne peut s'empêcher de rire.

— Je ne rigole pas, Nick... Il y a un problème avec Crystal, elle vient de s'enfuir de l'appartement, elle est dehors, mais je ne sais pas où !

— Ha bon ? Peut-être que le travail est trop dur pour elle.

— Tu n'y es absolument pas ! Nick... Elle est comme j'étais !

— Comment ça comme tu étais ?

— Je suis rentrée dans la salle de bain et je l'ai vue... Elle est couverte de bleus, Nick il faut la retrouver ! Elle s'est enfuie, il fait nuit et il commence à pleuvoir, on ne sait jamais ce qui peut arriver !

— Vous me gonflez ! J'allais me foutre au lit !

— Nick !

— J'ai compris, je vais te la chercher, tu m'énerves !

— Oui je sais mais tu m'adores, merci, Nick.

Nick raccroche, s'habille avec ce qu'il trouve sous sa main et sort. Il monte sur sa moto et commence à arpenter les alentours. Une demi-heure plus tard, Nick aperçoit une silhouette dans la nuit, la pluie tombe à verse à présent. Il s'arrête à la hauteur et voit la silhouette prendre peur.

— Crystal ! C'est moi, Nick, l'ami de Kate !

— Laissez-moi, je ne vous ai rien demandé.

Crystal continue son chemin, mais Nick gare sa moto en travers de la route et descend. Il la fixe.

— Écoute je ne sais pas ce qu'il se passe, mais tu vas arrêter de faire l'enfant et venir avec moi ! Je ne vais pas te laisser sous cette pluie battante et qui plus est toute seule !

— Vous m'avez prise pour une demoiselle en détresse ? Je n'ai pas besoin d'aide, j'ai appris à me débrouiller seule ! Quoi que vous en pensiez, je suis une grande fille et je n'ai pas besoin qu'un prince charmant des temps modernes m'aide ! D'ailleurs, c'est bien vous qui m'en aviez fait la remarque tout à l'heure et là vous arrivez avec votre « cheval » vrombissant ! En fait, vous aimez les « gamines » en détresse, je vais vous décevoir, je ne suis pas de celles-là !

— Je n'en doute absolument pas et je vais être franc avec toi, si Kate ne m'avait pas appelé, je serais en train de dormir dans mon lit avec un bon feu de cheminée ! Et je te le certifie que ce soit des demoiselles ou autres gonzesses qui se cassent un ongle et qui pleurent pour un rien, je m'en fiche royalement. Je te l'ai dit, je ne suis pas le prince charmant, mais Kate est une amie et elle est inquiète pour toi. Donc j'aimerais, sincèrement, que tu fasses un effort pour elle !

Crystal baisse les yeux, les larmes commencent à couler sur ses joues. Elle aperçoit également un blouson dans son champ de vision, c'est celui que lui tend Nick.

— Et vous ? Vous êtes en t-shirt ! Vous allez attraper froid avec cette pluie !

— Pas si tu montes rapidement sur cette moto ! Essaie de tenir ta valise, elle est petite, ça devrait le faire !

Crystal hésite, mais récupère sa valise et monte à l'arrière de la moto de Nick. Ce dernier roule jusqu'à chez lui. Arrivés devant sa maison, les deux jeunes gens courent se mettre à l'abri. Crystal est frigorifiée, mais reste sur le seuil de porte.

— Vous ne me ramenez pas au bar ?

— Pas à l'heure qu'il est et avec la pluie qui tombe ! Je ne vais pas aller bien loin avec ma moto. Quand il pleut énormément, le pont que je prends pour me rendre au bar est sous l'eau ! Maintenant, rentre et ferme la porte, tu vas geler sur place sinon.

Crystal entre et se retrouve nez à nez avec un gros chien. Ce dernier la renifle et regarde son maître.

— Reste gentil, Black !

La jeune fille se penche et commence à caresser le chien et à lui faire des papouilles. Le chien se met sur le dos, les quatre pattes en l'air. Nick regarde la scène en se servant un café.

— Si tu commences, tu es foutu ! Tu veux un café ?

— Non, merci.

Nick regarde Crystal, elle est trempée et grelotte.

— Va dans la salle de bain te prendre une douche chaude, je vais raviver la cheminée.

Nick montre la salle de bain à la jeune fille. Elle remarque qu'elle est attenante à sa chambre. Il lui montre les serviettes et s'excuse, mais n'a que du gel douche pour homme.

— Ce n'est pas grave, quand je suis partie j'ai emporté mon nécessaire de toilette. Je vous remercie.

— Si tu veux, tu peux fermer la porte à clé et... arrête de me vouvoyer !

Nick lui adresse un sourire et quitte la salle de bain, Crystal s'approche de la serrure, hésite, mais, finalement, ne ferme pas. Sa douche terminée, elle s'aperçoit que tous ses vêtements sont mouillés et qu'elle n'a plus rien à se mettre. Elle met le peignoir de Nick et sort discrètement de la salle de bain. Elle traverse la chambre et arrive dans la salle à manger. Elle voit Nick, il est debout, devant la cheminée, torse nu en train de fumer. Crystal le regarde, un peu trop. Elle a même des flashs venus de nulle part qui lui viennent à l'esprit, elle se voit nue dans un lit avec un homme, et pas n'importe lequel : Nick. Elle secoue la tête, détourne vite le regard et fait demi-tour.

— Je ne vais pas te manger ! Tu peux venir.

— Je suis désolée, je ne voulais pas vous déranger et...

— Arrête de me vouvoyer !

— Bon... Je ne voulais pas te déranger, mais, je n'ai plus d'habits, ma valise a un trou et tout est trempé. J'ai trouvé ce peignoir dans la salle de bain.

— Je n'ai pas grand-chose à te proposer, il n'y a pas de femme qui vit ici... Viens ! Je vais voir dans mon armoire ce que j'ai à te prêter.

Nick va dans sa chambre et donne à Crystal une chemise et un jogging.

— Voilà, je pense que ça va être trop grand, mais au moins ça te tiendra chaud ! Va t'habiller et rejoins-moi dans le salon, on va appeler Kate pour qu'elle ne s'inquiète pas.

Crystal part s'habiller et dans la chambre, en voyant le lit de Nick, elle a encore des images de lui et elle faisant l'amour. Elle secoue la tête en se demandant pourquoi elle a ces flashs. Elle ne comprend pas, certes le jeune homme est beau, mais de là à fantasmer chaque minute, ce n'est pas normal. Quand elle revient, elle voit un petit sourire se dessiner sur le visage de Nick. Effectivement, la chemise est trois fois trop grande et elle a attaché un élastique sur le côté du jogging pour qu'il lui tienne la taille, mais elle marche encore dessus.

— Oui, je confirme, tu es plus grand que moi. En même temps, tu dois faire quoi, un mètre quatre-vingt-dix ? Non ?

— Un mètre quatre-vingt-douze, plus précisément ! Et toi... Je dirais un mètre soixante et pas plus de cinquante kilos, je me trompe ?

Crystal écarquille les yeux et rougit un peu.

— Je fais un mètre soixante-deux !

Nick rit à gorge déployée et s'excuse auprès de la jeune fille qui ne peut s'empêcher d'esquisser un sourire. Elle appelle Kate pour la rassurer, cette dernière s'excuse et lui demande de revenir le lendemain au bar pour bosser. Crystal acquiesce et lui dit qu'elle sera là dans la matinée. Lorsqu'elle raccroche, elle ne voit plus Nick.

— Nick ? Où êtes-vous ?

— C'est incroyable ! Je t'ai répété je ne sais combien de fois de ne pas me vouvoyer !

Crystal sursaute et manque de tomber sur Black, couché près d'elle. Elle se rattrape au bras musclé de Nick, lève les yeux et croise les siens.

— Merci...

Elle arrive à peine à parler, le contact avec cet homme la fait frissonner, ses yeux regardent les bras de Nick, et puis ses mains. Elle imagine ces dernières parcourir son corps et lui donner du plaisir. Mais pourquoi a-t-elle ces images en tête ? Ce n'est vraiment pas le moment. Nick la lâche d'un coup et lui indique la chambre.

— Je t'ai allumé la cheminée dans la chambre, dans un moment il fera bon ! Bonne nuit.

Crystal se dirige dans la chambre et remarque que les volets sont ouverts. Elle retourne précipitamment dans la salle à manger et tombe nez à nez avec Nick, en boxer. La jeune fille s'excuse et détourne le regard.

— Excuse-moi, je voulais juste te demander si c'était normal que les volets restent ouverts. Je préfère les fermer, on ne sait jamais...

Nick sourit de la situation, jamais aucune femme n'avait détourné son regard de lui. Elles ont plutôt tendance à le draguer, à lui faire du rentre-dedans et à essayer d'obtenir ses faveurs.

— Tu n'as pas à t'inquiéter, personne ne s'approche d'ici.

— On ne sait jamais, il y a peut-être des rôdeurs, des voleurs, des gens qui pourraient rentrer.

— Zen ! Je t'ai dit que tu ne risquais rien ! En plus, les volets sont bloqués à cause de ma table dehors, donc là je ne peux rien faire.

— Je ne peux pas dormir, je...

— De quoi as-tu peur ?

— Peur ? Non, non, pas du tout, juste prudente.

— Pas à moi, tu trembles, tu es en panique, tu veux parler de quelque chose ?

— Non, rien.

— Bon, c'est comme tu veux, en attendant Black peut dormir avec toi si tu veux !

— Oui, je veux bien.

Black se dirige vers le tapis près de la cheminée de la chambre et Crystal part se mettre au lit, sans oublier de fermer la porte derrière elle. Nick se retrouve seul dans le salon et regarde la porte.

— Qu'est-ce qui lui fait tellement peur ? Kate m'a raconté qu'elle était couverte de bleu, je n'ai pas voulu lui en parler, mais je suis sûr qu'il y a quelque chose derrière tout ça !

Nick sort de ses pensées et se couche sur le divan. Il finit par s'endormir. Dans son sommeil, il lui semble entendre des gémissements, de plus en plus forts. Il se réveille et voit son chien, Black, à côté de lui.

— Va te coucher ! Laisse-moi dormir !

Black insiste et prend le plaid de Nick entre ses dents, ce dernier râle et commence à gronder le chien. Il tend l'oreille et entend d'autres gémissements. Il se redresse et constate que ça vient de la chambre, où dort Crystal. Il se lève et va voir dans la pièce. En ouvrant la porte, il découvre la jeune fille qui se tord dans tous les sens. Elle pousse de petits cris et semble pleurer. Il s'approche délicatement.

— Crystal ? Crystal ?

La jeune fille ne se réveille pas et continue de se tordre dans tous les sens, Nick la prend par les épaules et la secoue.

— Crystal, réveille-toi !

Crystal sursaute et se réveille d'un coup, elle pousse un petit cri et regarde Nick avec un air effrayé.

— Je suis désolée... je... je…

Crystal éclate en sanglots et Nick sort de la chambre. La jeune fille se renfonce dans son lit et se couvre.

Le jeune homme ne met pas longtemps à revenir avec une tasse fumante.

— Tiens ! Ça va te faire du bien.

Il aide la jeune fille à se rasseoir et lui tend la tasse.

— C'est de la camomille, ça va te faire du bien. Tu veux parler de quelque chose ?

— Non... Je te remercie pour la tisane. Je vais essayer de me rendormir...

Crystal regarde la fenêtre et Nick décide de l'ouvrir, pousse sa table et ferme les volets.

— Voilà, tu es tranquille maintenant !

— Tu n'étais pas obligé, mais je te remercie.

Nick ne dit rien et sort de la chambre, il rejoint le divan et remet le plaid sur lui. Des questions se bousculent dans sa tête, mais il sait que ça ne sert à rien de les poser à Crystal, elle ne lui dira rien. Par contre ce qu'il n'arrive pas à comprendre c'est qu'il a vraiment l'impression de la connaître, le contact avec sa peau tout à l'heure a réveillé chez lui certaines images un peu érotiques.

Au petit matin, Nick se réveille en sursaut. Il se redresse doucement et aperçoit Crystal dans la cuisine, elle est habillée et prépare le petit-déjeuner. Il se rapproche doucement.

— Ça sent bon !

Crystal sursaute et laisse tomber un verre, mais Nick le rattrape aussitôt.

— Je t'ai fait peur, excuse-moi.

— Ce n'est rien, je voulais te remercier en préparant le petit-déjeuner.

— Sympa ! Je vais prendre une douche et reviens après !

Quand il entre dans la salle de bain, il retrouve son peignoir et les affaires qu'il a prêtés à Crystal pliés sur le bord du lavabo. Sa douche dure un quart d'heure, il s'habille et va dans la cuisine, qui est vide.

— Crystal ? Crystal ?

Il trouve un mot sur la table :

« Je te remercie sincèrement pour ce que tu as fait pour moi, je m'en vais, je vais trouver un motel en ville, je ne t'embête pas plus longtemps. Je téléphonerai à Kate pour lui dire. Désolée d'avoir bouleversé vos vies comme ça... Je dois m'en aller. Adieu, Crystal »

Nick attrape sa veste, ses clés de moto et fonce à toute allure dehors. Elle ne doit pas être bien loin à pied. Effectivement, il la trouve encore sur le chemin de sa maison, elle n'a même pas encore regagné la route. Il s'arrête devant elle et descend de moto.

— Que fuis-tu ?

— Je ne fuis rien du tout, je veux juste... Enfin, je veux trouver un motel.

— Non, crois-moi que je sais ce que c'est que la fuite et là tu en prends bien le chemin !

— Laisse-moi tranquille ! Je n'ai pas besoin d'aide, j'ai peut-être l'air fragile comme ça, mais crois-moi je suis loin d'être une de ces demoiselles en détresse que tu dois avoir l'habitude de fréquenter !

— Les demoiselles en détresse, je ne m'en préoccupe pas, crois-moi !

— Bon alors je vais être plus directe, je ne suis pas une de ces filles qui ont l'habitude de « baver » devant toi, « te cirer les pompes » et j'en passe !

— Eh bien, à partir du moment où on te demande de tutoyer, tu n'y vas pas avec le dos de la cuillère ! Je vais être franc et direct moi aussi, je n'ai aucune envie de passer ma journée à te courir après ou à venir te chercher sous une pluie battante, je m'en moque, mais si j'insiste tant c'est que...

— C'est que Kate a dû te dire la raison pour laquelle je suis partie ! J'apprécie, cependant, que tu n'aies rien relevé hier soir.

— Écoute, je ne sais pas ce qui se passe, je ne sais pas où tu en es dans ta vie, mais... S'il doit arriver quoi que ce soit, il vaut mieux que tu sois entourée, non ? Kate et Anaïs ne cherchent qu'à t'aider.

Crystal ferme les yeux et commence à pleurer, mais se reprend assez vite.

— Je ne veux pas qu'elles aient des problèmes.

— Les problèmes ? Elles en ont tout le temps !

Nick attrape les affaires de Crystal et les place sur sa moto. Il tend un casque à la jeune fille et lui sourit.

— Et puis avec moi dans les parages, ainsi que les autres motards, ne t'inquiète pas, personne ne s'approchera du bar. Je ne laisserai personne s'en prendre à Kate et Anaïs, ce sont des amies et je ne laisserais personne s'approcher d'elles. Comme elles ont l'air de bien t'apprécier et de vouloir te prendre sous leurs ailes... j'en ferai de même avec toi !

Les deux jeunes gens partent en direction du bar. Sur le chemin Crystal se tient à la moto, mais, dans un virage, elle prend peur et s'accroche à Nick. Ses mains se rejoignent au niveau du ventre de Nick et elle le serre. Arrivée devant le bar, elle descend et s'excuse auprès de Nick.

— Tu n'as pas à t'excuser ! C'est ma faute, je vais assez vite, je suis désolé et...

— Crystal ? Crystal !

Kate sort du bar et serre la jeune fille dans ses bras. Cette dernière très surprise n'ose pas bouger. Kate le ressent et s'éloigne un peu.

— Je suis vraiment contente que tu sois revenue, il faut qu'on parle.

— Si c'est pour me parler de ce que tu as vu dans la salle de bain, je ne veux pas, je...

— Non, j'ai compris. Je veux qu'on parle d'autre chose !

Crystal remercie Nick et commence à suivre Kate. Au dernier moment, Nick lui attrape le poignet, l'empêchant d'avancer.

— Prends ça, c'est mon numéro de téléphone, si tu as besoin, n'hésite pas.

Crystal prend le papier que lui tend Nick et le glisse dans sa poche. Kate s'approche et écarquille les yeux.

— Je n'y crois pas Nick qui...

Kate arrête de parler, le regard noir de Nick en dit long.

— Bref, Crystal, rejoins Anaïs, elle t'attend, j'arrive.

Crystal dit au revoir à Nick, le remercie encore une fois et entre, le laissant seul avec Kate.

— Alors ? Tu n'as rien à me dire, Nick ?

— Rien du tout.

— Arrête je te connais !

— Kate ! J'agis avec elle comme je l'ai fait avec toi quand je t'ai récupérée ! Je t'ai redonné confiance en toi, j'ai voulu te sortir des pattes de l'homme qui te faisait subir tout ça...

— Oui et tu m'as même offert ce bar ! Je ne te remercierais jamais assez, tu agis avec moi comme un grand frère.

— Je fais la même chose avec elle.

— On dira ça...

— Arrête tes sous-entendus. Je la connais depuis hier et ce n'est qu'une gamine ! Je vais bosser.

— Tu viens ou pas ce soir ? Préviens-moi... ne me pose pas un lapin...

— Je serai là !

Kate regarde Nick s'éloigner sur sa moto. Elle ne peut s'empêcher de lui faire un signe et entre dans le bar.

Sur la route Nick se posent des tas de questions : doit-il se mêler des affaires de Crystal ? Doit-il la protéger comme il l'a fait avec Kate ? Elle a l'air beaucoup moins faible que ne l'était Kate, il ne sait pas ce qu'elle a, mais une chose est sûre, un passé trouble hante cette jeune fille. Il doit savoir tout ce qu'il faut sur elle. Il ne veut pas que ses amis se retrouvent en danger.

Arrivé à son studio d'enregistrement, il s'assoit derrière son bureau et ferme les yeux pour tenter de mettre de côté toutes ses questions. Il revoit alors soudainement les mêmes images érotiques qu'hier soir, lui et Crystal sur un lit en train de se caresser. Il se lève d'un coup, va dans la salle d'eau à côté de son bureau et s'éclabousse le visage en secouant la tête.

— Il faut arrêter ces visions ! C'est impossible !

Chapitre 3

À l'étage du bar, Anaïs fait essayer des vêtements à Crystal. Cette dernière se trouve derrière un paravent. Kate entre à ce moment-là, elle n'a pas vu la jeune fille et s'approche d'Anaïs pour l'embrasser.

— Hum, si je ne devais pas ouvrir le bar, j'aurais bien passé un moment avec toi et pas n'importe lequel, si tu vois ce que je veux dire.

— Oui, mais là...

Crystal sort au même moment de derrière le paravent et les trois jeunes femmes se mettent à rire. Kate regarde Crystal attentivement. La jeune fille porte un jean et un t-shirt à manches courtes blanc.

— Voilà ! Là, tu es beaucoup mieux ! On abandonne le style des années 70 !

— Oui, c'est sûr que c'est mieux, mais...

Crystal regarde ses poignets et essaie de les cacher, mais on voie encore les bleus. Kate va dans sa chambre et revient avec deux gros bracelets en cuir.

— Merci beaucoup, ils sont vraiment magnifiques !

— Ils t'iront bien en plus ! Bon, allez, on va ouvrir !

Les trois femmes descendent et commencent à s'affairer dans le bar. Anaïs se met au ménage, Kate ouvre et Crystal va dans la cuisine. Elle met son tablier et regarde le frigo. Anaïs a fait quelques courses, mais il va falloir qu'elle y retourne elle-même pour le soir pour trouver ce qu'elle veut.

— On mange quoi à midi ?

Crystal sursaute et se retourne. Elle fait face à Domi, ce dernier s'excuse de lui avoir fait peur, ce n'était pas son intention.

— J'espère bien ! Bon pour midi je ne sais pas encore, je vous... enfin, je te dis ça très vite !

— OK et oui tu peux me tutoyer la miss ! Ici c'est une grande famille !

Domi sort de la cuisine et laisse Crystal à ses fourneaux, qui se décide à préparer des lasagnes pour le midi. La journée passe très vite, entre le repas, les courses de l'après-midi et l'installation de la jeune fille dans la chambre d'amis. Le soir venu, Kate a une surprise pour elle.

— Va dans ta chambre, c'est sur ton lit.

Crystal monte et voit un legging noir avec un top panthère, ce dernier est taillé de sorte qu'on ne voit ni les bleus sur son dos ni ceux de ses épaules. Crystal le met et effectivement, on ne voit rien, le top cache tout, la jeune fille descend et se poste derrière le comptoir. Elle reconnaît Domi et Caleb. Ce dernier ne semble pas vouloir lui parler et détourne le regard. Les filles lui présentent d'autres habitués et Crystal se retrouve entourée de gens qui la saluent et lui posent différentes questions. Kate s'interpose.

— Bon vous la laissez tranquille, elle doit bosser !

— Ce n'est pas grave...

— Si, tu dois chanter ! Je remarque que notre cher guitariste et chanteur n'est pas là... Caleb ? Tu peux remplacer Nick ?

— Heu... Je ne sais pas... Je...

— Que se passe-t-il ? Tu n'es jamais hésitant d'habitude !

— Bon OK, OK, c'est bon j'y vais !

Caleb monte sur scène avec les autres musiciens et Crystal prend place derrière le micro. L'ambiance du bar est vraiment familiale et Domi encourage ses amis à applaudir la jeune fille. Crystal se penche vers Caleb et lui indique la chanson qu'elle veut. C'est une chanson tirée de la comédie musicale « *Grease 2 : Cool Rider* ». Caleb arbore un petit sourire, mais se lance dans la musique et une fois lancée Crystal se déchaîne dessus, ça devient une tout autre personne. Elle est très à l'aise sur scène et on a l'impression qu'elle a fait ça toute sa vie.

Malgré le bruit, Kate sursaute quand la porte du bar s'ouvre avec fracas sur un Nick en colère.

— Tu vas bien ?

— Non, problème de taf, je suis désolé si je suis en retard et... et... C'est Crystal ?

— Oui c'est Crystal ! Magnifique non ?

— Elle a l'air... Complètement différente !

La chanson continue et Nick ne peut s'empêcher d'avoir les yeux rivés sur la scène. Crystal se déchaîne et joue avec les musiciens. À la fin de la chanson, tout le monde applaudit et siffle. Caleb s'approche de Crystal, il se passe la main dans les cheveux.

— Écoute... Je suis vraiment désolé pour hier, tu as dû avoir une mauvaise impression de moi, je ne voulais pas te faire de mal ou autre et...

— Laisse tomber ! C'est oublié !

Caleb s'étonne, se recule et lui tend la main.

— Amis ?

Crystal sourit, hésite, mais met sa main dans celle de Caleb.

— Amis !

Caleb descend de scène en sautant devant lui et aide Crystal à en faire de même. Cette dernière se rend derrière le bar et remarque Nick qui est pendu à son téléphone.

Elle lui lance un bonsoir vite fait et file en cuisine. Kate se rapproche discrètement de lui.

— Hum, ce n'est pas bien de faire style de l'ignorer !

— Hein ? Quoi ? Tu parles de quoi ?

— Prends-moi pour une idiote ! Je t'ai bien vu prendre ton portable précipitamment quand elle est descendue de scène ! En plus, il n'est même pas allumé !

— Arrête de dire n'importe quoi, je lis mes mails ! Donc c'est qu'il est allumé !

— Mais bien sûr, tu veux que je te dise ce que j'ai remarqué... C'est que quand elle était sur scène tout à l'heure, ce n'est ni avec les yeux d'un grand frère ni ceux d'un manager que tu la regardais... Moi je dis ça comme ça...

— Ferme-la Kate ! Tu dis n'importe quoi ! Je sors fumer une clope et chante après !

Nick claque la porte et fait le tour du bar pour fumer. Dans sa précipitation, il heurte et fait tomber quelqu'un.

— Aie !

— Putain, je suis vraiment désolé, excuse-moi et... Crystal ? Je suis désolé, je ne t'ai pas vue et...

— Ce n'est pas grave !

Nick lui tend sa main, elle l'attrape et ce dernier la relève. Elle se retrouve près de lui, très près de lui. En levant la tête, elle se retrouve plongée dans son regard interrogateur.

— Qui es-tu, Crystal ? Tu es si mystérieuse... Tu vas peut-être me prendre pour un fou, mais j'ai même l'impression de te connaître... Je ne sais pas d'où me vient cette impression, mais elle est là.

— Crois-moi que là d'où je viens, il n'y a pas de gens comme toi, j'en doute fortement même si... non laisse tomber !

— Si, qu'allais-tu dire ?

— Rien !

— Tu es vraiment mystérieuse.

La jeune fille se détache de Nick, rajuste sa tenue et sa coiffure puis ramasse les cartons qu'elle avait en main pour les jeter au compacteur. Elle retourne près de Nick.

— Je suis juste Crystal, il n'y a rien de mystérieux, je peux vous l'assurer, je suis une fille banale !

— Tu recommences le vouvoiement ? Je t'ai dit de me tutoyer !

— Dans ce cas ; je suis une jeune fille banale, je peux t'assurer qu'il n'y a rien de mystérieux en moi !

Crystal fait demi-tour et entre de nouveau dans le bar par la porte de derrière. Nick allume une cigarette, s'appuie contre une table qui se trouve à l'extérieur et regarde la porte.

— Chère Crystal, tu es tout sauf une fille banale, j'arriverai à percer ton secret. Je sais ce que je ressens quand je te vois, quand je t'entends, quand je te touche... On s'est déjà croisés, j'en suis sûr et certain !

Crystal, à l'intérieur, est réquisitionnée au bar. Elle fait le service, mais s'arrête lorsqu'elle entend une voix grave chanter. Elle se tourne vers la scène et voit Nick. Ce dernier se tient debout avec sa guitare et chante. Il chante comme si sa vie en dépendait. La jeune femme n'arrive pas à se détacher de cette voix et surtout du regard qu'il pose sur elle, elle se sent troublée.

— Crystal ? Crystal ? Je me doute bien que je ne suis pas aussi sexy que Nick, mais veux-tu bien revenir parmi nous ?

— N'importe quoi... Je... Je...

— Oui, on a tous compris ce que tu faisais, aide-moi à porter les verres dans la cuisine. Je ne veux pas tout faire tomber !

Kate rigole et Crystal l'aide. Une fois dans la cuisine, elle se met à faire la vaisselle pour ne pas retourner dans le bar.

La soirée passe et évidemment Nick est applaudi de partout. Les filles hurlent son prénom, on a l'impression d'être au concert d'une grande star de rock. Le jeune homme descend de scène et s'approche du bar lorsqu'une magnifique brune se colle à lui.

— Tiens, Nick ! Ça fait un petit moment... Tu ne m'as pas rappelée ?

Crystal choisit ce moment pour faire son retour. Elle regarde la jeune femme face à elle. Une brune, 1,70 mètre au minimum, très fine, de grands yeux verts, une bouche sensuelle, une robe très moulante qui lui arrive à peine sous les fesses et surtout des mains qui se promènent sur Nick.

— Laisse-moi tranquille, Lila ! Crystal, tu peux me servir une bière s'il te plaît !

Crystal se met aussitôt à le servir et au moment de poser le verre, elle frôle la main de Nick. Leur regard se croise et le temps paraît figé. La jeune fille met fin à cette suspension en servant d'autres clients.

— Tiens, tiens, mais il y a une nouvelle ici ! Moi quand j'ai voulu travailler, vous avez refusé !

— En même temps, tu ne voulais pas travailler, tu voulais simplement draguer ! Crystal, elle, elle travaille.

— Donc, elle a un nom... Crystal ! Enchantée, je m'appelle Lila.

— Bonjour.

— Pas très bavarde la nouvelle serveuse. Après tout je m'en fous, tu es juste là pour me servir, sers-moi un cocktail !

Tout en disant ça, elle essaie de se glisser entre les jambes de Nick, ce dernier la repousse et s'installe mieux sur son siège.

— Allons, il y a quelque temps, ça ne te dérangeait pas, mon cœur !

— Arrête de m'appeler comme ça, nous deux c'est fini, Lila, c'était juste comme ça, tu le sais très bien !

— On peut recommencer « juste comme ça », moi j'ai beaucoup aimé !

La main de Lila se pose sur la cuisse de Nick. Avant que ce dernier ne fasse quoi que ce soit, c'est Kate qui intervient.

— Fous-lui la paix, je ne veux pas de ça dans mon bar, soit tu arrêtes, soit je te fous dehors !

— Tu ne serais pas lesbienne je penserais que tu es jalouse ! Tu as peut-être peur que ta petite protégée soit trop prude ! Vu son jeune âge elle, je ne pense pas qu'elle ait vécu des choses très... caliente !

Lila rigole et Kate se tourne vers Crystal.

— Ne fais pas attention à elle, c'est une fille désespérée qui attend que Nick lui passe la bague au doigt !

Lila se rapproche de Kate avec un air menaçant. Crystal décide de s'interposer entre les deux femmes et regarde Lila.

— Je pense sincèrement que tu devrais t'en aller...

— Attends, tu penses que c'est une petite gamine frigide qui va me dire ce que je dois faire !

Crystal fait le tour du bar et se place près de Lila.

— Je vais être un peu plus clair, tu vas sortir de ce bar et maintenant. Quant aux mots qui pourraient sortir de ta bouche, crois-moi que j'ai entendu bien pire ! Je ne viens pas d'un milieu où l'on nait avec une cuillère en argent dans la bouche, mais, avec ta tenue vestimentaire, il y a un certain milieu que je connais qui pourrait te plaire. À moins que tu ne sois trop… prude ou frigide !

Kate s'énerve et ordonne à Lila de sortir de son bar. Cette dernière jure, mais sort et fait démarrer en trombe sa voiture. Nick regarde Crystal.

— Tu l'as mise en colère !

— C'est le dernier de mes soucis !

Crystal se dirige vers la cuisine et claque la porte. Elle commence à s'activer et à préparer le repas pour le lendemain. La porte s'ouvre derrière elle, mais la jeune fille ne prête pas attention et continue la préparation.

— Alors comme ça tu as entendu bien pire ? Je dois dire que le langage de Lila n'est pas très joli, alors pire... D'où viens-tu, Crystal ?

La jeune fille se retourne et fait face au regard interrogateur de Nick.

— Le principal est de savoir où je suis maintenant ! Mon passé... Je ne veux plus en entendre parler !

— Je ne vais pas insister, mais si tu veux te confier, n'hésite pas.

— Je te remercie.

Nick sort de la cuisine et laisse la jeune fille à ses pensées. Cette dernière ne peut s'empêcher de fermer les yeux et de penser à son passé. Elle finit de ranger et s'éclipse discrètement dans sa chambre. De sa fenêtre, elle voit Nick accoudé à sa moto en train de fumer. Les yeux du jeune homme croisent les siens au moment où il monte sur sa moto. Le temps s'arrête, Nick et Crystal ne se lâchent plus des yeux pendant plus d'une minute. Elle secoue la tête et se recule pour s'allonger sur son lit.

Deux semaines passent et Crystal prend ses marques. Elle se fait adopter par la plupart des habitants des alentours ainsi que par les habitués du bar.

Un soir, la jeune fille se voit dans l'obligation de remplacer Nick au pied levé, ce dernier étant, encore, bloqué au travail. À la fin de son interprétation, Crystal décide de passer par derrière et d'aller prendre l'air.

— Je te remercie de m'avoir remplacé ! J'ai encore eu un souci au boulot !

Crystal sursaute, regarde autour d'elle et croise les yeux de Nick.

— Nick ! Pas de soucis, excuse-moi, mais je dois rentrer !

Nick rattrape la jeune fille par le bras et la tourne vers lui en douceur.

— Pourquoi m'évites-tu ? Ça fait trois jours maintenant que tu fuis mon regard... Depuis le soir où je t'ai rattrapée de l'escabeau, lorsque tu as failli tomber ! Maintenant tu ne me parles plus, pourquoi ?

— Un concours de circonstances... Je n'ai rien à te dire, Nick, je t'ai déjà remercié et... Mais que fais-tu ?

— Je reproduis les mêmes conditions que l'autre jour et je me rends compte que tu réagis pareil !

Nick serre le corps de Crystal contre lui et rapproche son visage, dangereusement, du sien. La jeune femme ne bouge plus et plonge son regard dans celui de Nick.

Brusquement la porte s'ouvre à côté d'eux et Kate fait son apparition.

— Crystal, tout va bien, je pensais que... Hooo... Désolée...

Nick se sépare de la jeune femme et s'en va en la laissant en plan et déroutée. On entend sa moto démarrer et Kate se rapproche de Crystal.

— Que se passe-t-il entre vous ?

— Entre Nick et moi ? Mais rien du tout ! Ça ne va pas !

— Pas à moi, je le vois ! La façon dont il te regarde, et dont, toi, tu le regardes ! Il y a de l'électricité entre vous c'est fou !

— N'importe quoi, tu dis des bêtises !

— Des bêtises ? Non je ne crois pas, tu sais quoi ? On va faire un test et si rien ne se passe, je ne t'embête plus, OK ?

— Je suis d'accord, je suis prête à tout pour que tu me laisses tranquille après !

Kate rigole et entraîne Crystal avec elle dans l'appartement. Kate ouvre son armoire et sort énormément d'affaires. Elle cherche et choisit une tenue pour Crystal.

— Tu es sérieuse ? Tu veux que je porte ça ?

Crystal montre un pantalon en cuir noir, un top rouge et une veste en cuir. Kate ne lui laisse pas le temps de dire autre chose, elle la pousse dans la salle de bain, lui donne les vêtements et lui ordonne de s'habiller. La jeune femme n'a plus le choix, elle s'habille et se regarde dans la glace de la salle de bain. Quand elle sort et se retrouve face à Kate et Anaïs, elles ne peuvent retenir leur admiration.

— Tu es superbe ! Je doute qu'il te résiste longtemps !

— Arrête, c'est toi qui supposes qu'il y a de l'« électricité » entre nous, moi je te dis qu'il n'y a rien !

— Depuis une semaine, vous n'arrêtez pas de vous regarder et depuis trois jours, c'est chaud !

— Vous vous faites vraiment des idées !

— On verra bien ! Je te prête ma moto pour y aller, tu vas savoir la conduire ?

— Ne t'en fais pas.

Kate lui lance les clés et Crystal s'en va dans la nuit en direction du chalet de Nick. Quand elle se gare devant, elle regarde partout autour d'elle et entend surtout du bruit à l'arrière de la maison. Elle s'approche doucement, mais ses bottes à talon ne la rendent pas discrète. Nick est devant ses yeux, dos à elle, en train de fendre du bois. Elle le regarde attentivement. Il porte une chemise en jeans ouverte, son pantalon en cuir noir et ses bottes. Crystal se surprend à passer la langue sur ses lèvres. Elle ne bouge plus, Nick ressent une présence derrière lui, mais ne bouge pas non plus.

— Kate ? J'ai reconnu ta moto, d'ailleurs tu vas devoir faire changer ton pot échappement, car... car... Crystal ?

En parlant du pot échappement Nick a arrêté de couper du bois et s'est retourné. Crystal est devant lui, il ne peut s'empêcher de la déshabiller du regard. Quand il arrive à la hauteur de ses yeux, Crystal le sort de sa rêverie.

— Ça devient vraiment gênant, Nick !

— Désolé ! Que viens-tu faire ici ? Un problème ?

Avant de partir, Kate lui a donné un briquet que Nick avait oublié, une bonne excuse en apparence. Crystal le lui tend.

— Tu as oublié ça au bar...

— Et tu as fait tout ce chemin pour me le rendre ? En pleine nuit ? Je viens demain, je l'aurais récupéré ! J'en ai d'autres à la maison. Bon maintenant que tu es là, tu veux boire quelque chose ?

— Je ne suis pas là pour ça, je voulais juste te rendre ça, j'y vais !

Crystal rejoint sa moto, mais Nick se met devant elle, leurs yeux se croisent et Crystal lui demande de se pousser. Il le fait, elle monte sur la moto, mais Nick pose ses mains sur le guidon.

— De quoi as-tu peur ? Pourquoi fuis-tu ? Je peux comprendre que tu sois jeune et que certaines choses te fassent peur ou que tu puisses être perdue, mais...

— Attends, de quoi me parles-tu ? Peur de quoi ? Perdue ?

— Oui, je suis sûr que tu le ressens au fond de toi, quand nous sommes l'un à côté de l'autre, il y a quelque chose ! Tu es une très belle femme, même plus, très attirante, et je sens bien que je te fais de l'effet. Mais tu es jeune et inexpérimentée, donc ce nouveau sentiment te fait peur et...

Crystal rigole, elle descend de la moto et avec des gestes très sensuels s'approche de la main de Nick posée sur le guidon. Elle plonge son regard dans le sien.

— Nick, Nick, tu me fais rire, inexpérimentée ? Si tu savais !

Elle attrape le col du jeune homme et pose ses lèvres sur les siennes. Elle poursuit son exploration sur le torse de Nick, elle sent bien qu'il répond à son baiser avec beaucoup d'ardeur. Elle sent aussi qu'elle commence à se perdre et à ne plus être la dominatrice de cette scène, car elle sent un brasier s'allumer en elle et surtout des images érotiques d'eux deux lui reviennent à l'esprit. Elle met fin à ce baiser et le regarde dans les yeux.

— Ne te fie pas aux apparences, bonne nuit, Nick !

La jeune fille remonte sur sa moto et repart en direction du bar. Devant, elle y retrouve Anaïs et Kate qui sont en train de nettoyer le parking. Cette dernière ne peut s'empêcher de l'interroger.

— Alors ? Comment était-ce ? Tu n'as pas mis longtemps...

— Désolé de te décevoir, tu pensais quoi ? Que j'allais me retrouver dans son lit ?

Anaïs intervient.

— Ça ne risque pas d'arriver !

— Comment ça ?

— Nick n'a jamais emmené de femmes chez lui et encore moins dans son lit, c'est lui qui se déplace ! Son chalet c'est son jardin secret, je suis déjà étonnée qu'il t'ait proposé de dormir chez lui, lui qui ne reçoit personne et encore moins dans son lit !

Les filles arrêtent de parler, une moto vient d'arriver, l'homme torse nu en descend, enlève son casque, s'approche de Crystal et s'empare de ses lèvres sans rien dire, lui caresse la nuque et les cheveux. La jeune fille ne peut s'empêcher de poser ses mains sur ses abdos. Une fois qu'il se sépare d'elle, il la regarde dans les yeux.

— Je crois avoir compris, tu es peut-être très mystérieuse, mais, loin d'être farouche. Je ne connais pas ton passé, mais, effectivement tu n'es pas « novice » et sais comment jouer ! Alors je veux bien jouer aussi, bonne nuit, Crystal !

La jeune femme n'a pas le temps de répondre que la moto est déjà repartie. Kate et Anaïs s'approchent d'elle et agitent leurs mains devant ses yeux.

— La terre appelle Crystal !

— Hein ? Quoi ? Oui ! Bon on va se coucher...

— Attends ! Nick vient de débarquer, de t'embrasser comme un dieu et toi tout ce que tu trouves à nous dire c'est : on va se coucher... Heu ?

— Il n'y a rien à dire... enfin je ne crois pas...

— Crystal !

— Oui bon, quand j'étais chez lui c'est moi qui l'ai embrassé ! Il a insinué que j'étais une petite chose innocente et j'ai voulu lui prouver le contraire !

— Apparemment, ça lui a plu !

— Je ne sais pas quoi en penser. Tu crois que pour lui c'est un jeu ? Il pense que je joue ?

— Nick n'est pas de ce genre-là ! Crois-moi que pour lui ce n'est pas un jeu, là je pense plus qu'il sait ce qu'il veut et en l'occurrence c'est toi !

— On verra demain, je vais aller dormir, je dois réfléchir à tout ça.

Crystal part à l'intérieur du bar sous les rires de Kate et Anaïs. Crystal passe une nuit très agitée. Pour une fois, ce ne sont pas des cauchemars qu'elle fait, mais des rêves très sensuels. Elle se voit sous la douche avec Nick, ce dernier la prend avec beaucoup d'ardeur contre la paroi, elle s'accroche à son dos et hurle jusqu'à en perdre la raison.

La sonnerie de son téléphone la réveille. Elle est en sueur et repense à son rêve. Elle décroche son téléphone et entend une respiration au bout du fil.

— Allo ? Allo ? Qui êtes-vous ?

— ...

— Dites-moi qui vous êtes au lieu de vous cacher et de vous...

— Le moment des retrouvailles approche, ma chère !

Crystal raccroche d'un coup, elle fonce sous la douche et part travailler comme si de rien n'était. Kate la sort de ses rêveries.

— Ça va, la miss ? Tu as l'air un peu ailleurs... un problème ?

— Non, ne t'inquiète pas, je ne me sens pas très bien c'est tout.

— Dans ce cas, monte et repose-toi, on va se débrouiller, ne t'en fais pas !

Crystal repense à son appel téléphonique toute la journée. Elle se met même à parler à voix haute toute seule.

— Il va me retrouver, je le sens, il sait où je suis, il attend juste le moment propice pour surgir, je ne dois pas rester ici ! Il faut que je parte tout de suite !

La jeune fille fonce dans sa chambre et ramasse toutes ses affaires. Elle attrape un sac et met tout dedans, mais en se retournant, elle a la surprise de voir Nick à la porte.

— Tu comptes aller quelque part ?

— Laisse-moi passer, Nick, je n'ai pas envie de jouer, je dois partir !

— Je ne te laisserai pas passer ! Depuis que tu es arrivée, tu fuis quelque chose. Même si tu es une femme qui sait ce qu'elle veut, tu as peur, je le sens...

— Ce ne sont pas tes affaires ! Laisse-moi !

Crystal force le passage, mais face à Nick elle ne peut rivaliser. Il la retient de toutes ses forces et la laisse éclater en sanglots contre son torse qu'elle tambourine. Il se surprend également à caresser ses cheveux.

— Il faut que tu me racontes ce qui t'effraie, tu ne peux pas rester comme ça...

— Non je ne peux pas... il faut que je parte !

— Non, tu ne vas pas partir toute seule, je vais t'emmener avec moi, on va discuter.

Chapitre 4

Crystal se retrouve dans le chalet de Nick. Elle est assise sur son canapé avec une tasse de thé dans la main. Le jeune homme, quant à lui, est sorti ramener du bois pour la cheminée. Le chien de Nick se rapproche d'elle et pose sa tête sur ses cuisses.

— Profites-en, il n'est pas comme ça avec tout le monde !

— Écoute... je dois partir, je ne peux pas rester ici !

Elle se lève et commence à partir, mais Nick la rattrape par la taille et la bloque contre lui.

— Non, reste avec moi, ne fuis pas, parle-moi !

La jeune fille se dégage brutalement et commence à s'énerver auprès de lui, une larme coule sur sa joue.

— Que veux-tu de moi ? Pourquoi ça t'intéresse tant ? On se connaît depuis deux semaines seulement ! Que veux-tu ? Me mettre dans ton lit, ou alors me prendre sur ton canapé ! Alors, vas-y, on le fait de suite et ce sera fait !

Crystal commence à se déshabiller et Nick l'interrompt. Il s'approche d'elle et essaie de l'en empêcher, la jeune fille se débat, elle commence à le marteler, à le griffer. Nick la conduit de force sous la douche et allume l'eau. Crystal, surprise, se calme et se laisse glisser contre la paroi de la douche. Nick coupe l'eau et s'approche d'elle.

— Je suis désolé, je voulais te calmer... je n'avais pas le choix...

Crystal se calme, elle se lève et éclate en sanglots. Elle le regarde dans les yeux.

— Tu ne te rends pas compte de ce que tu me demandes. Je sais ce que tu as fait pour Kate, elle me l'a dit.

— Oui ! Je l'ai aidée et je peux t'aider, j'en suis sûr !

— Non... Tu ne peux pas ! Pour Kate, tu l'as sortie des mains d'un homme qui l'a battue quand il a appris qu'elle était homosexuelle ! C'est vraiment admirable ce que tu as fait pour elle, tu lui as redonné goût à la vie, tu lui as même offert le bar dans lequel elle travaille. Oui, tu es un homme généreux, attentif, mais...

— Ha non, ne t'arrête pas en si bon chemin, j'adore les compliments !

Crystal, malgré ses larmes, laisse échapper un petit rire.

— Plus sérieusement, oui j'ai aidé Kate, car elle en avait besoin, je suis comme ça ! Alors oui quand je sens que tu ne vas pas bien, je ne peux m'empêcher de vouloir faire quelque chose.

Nick tend un peignoir à Crystal et s'éclipse de la salle de bain pour la laisser enlever ses vêtements mouillés. Lorsqu'elle sort, elle retrouve Nick adossé à la cheminée avec un verre de whisky et une cigarette. Il y a un verre sur la table pour elle. Crystal passe à côté s'approche de la porte d'entrée.

— Tu comptes aller où en peignoir ?

— Je dois vraiment m'en aller, Nick... Ramène-moi !

— Crystal... Je ne suis pas doué pour les longs discours, mais je vais être franc avec toi. Je veux t'aider, ce n'est pas comme pour Kate, tu ne me laisses pas indifférent et tu le sais ! Alors oui je ne veux pas te laisser dans cet état-là !

— Mais on ne se connaît que depuis deux semaines !

— ... Prends-le comme tu le veux, mais c'est comme ça ! Maintenant, parle-moi, je t'en prie.

Crystal prend une grande respiration et ses yeux plongent dans ceux de Nick.

— Tu veux vraiment tout savoir, connaître la vérité ? Je suis une putain, Nick ! Voilà tu le sais maintenant ! Ramène-moi s'il te plaît.

— Non...

— Nick...

Le jeune homme s'approche d'elle et s'empare de ses lèvres. Le baiser est très doux, une caresse sur ses lèvres. Il l'accompagne sur le canapé, la fait asseoir et la supplie de lui raconter son histoire. Après un certain temps de bataille, Crystal cède et décide de lui raconter.

— Tu connais le nom de Koling ?

— Bien sûr ! Je ne vais pas souvent en ville, mais je connais le nom et les établissements. Tu travaillais pour l'un d'entre eux ? Pourquoi ?

— Pire... Mon nom est Crystal... Crystal Koling.

— Tu es sa fille ?

— Sa belle-fille, commence à raconter Crystal en fermant ses yeux. Ma mère l'a rencontré alors que je n'avais que sept ans. Neuf ans plus tard, elle est tombée malade et mon beau-père, Kan Koling, m'a dit que nous n'avions pas le financement nécessaire pour la faire soigner, qu'il fallait que je travaille. À la base je ne devais que chanter, mais petit à petit j'ai dû « danser » en me déshabillant et enfin... Il m'a indiqué qu'en couchant avec certains de ses clients, on aurait beaucoup plus d'argent...

Un bruit de verre qui éclate se fait retentir dans le chalet. Crystal rouvre les yeux et voit du sang couler de la main de Nick. Elle se lève et cherche de quoi l'essuyer. Nick enlève son t-shirt et s'en sert pour entourer sa main.

— Laisse, j'ai ce qu'il faut. Ne t'inquiète pas, continue ton histoire.

— Non... pas comme ça, explique-moi toi aussi, pourquoi tu t'es mis dans cet état-là ?

— J'ai cassé un verre, je n'ai pas fait exprès.

— Pas à moi ! Tu as éclaté le verre, Nick !

Nick se rapproche de la jeune fille, il la prend par les épaules et elle se met à frissonner.

— Tu as froid ?

— Non, je n'ai pas froid.

— Tu frissonnes.

Les yeux de la jeune fille se posent sur le torse dénudé de Nick, son pouls s'accélère et elle se détache de lui. Elle ne peut s'empêcher de ressentir des picotements dans le bas de son ventre. Elle retourne se rasseoir sur le canapé, Nick sourit et part dans la chambre. Quand il revient, il a passé un nouveau t-shirt.

— C'est bon, tu vas pouvoir finir ton histoire tranquille, je ne veux pas que tu aies certaines pensées impures !

Crystal relève la tête et le transperce du regard.

— Vu ce que je viens de te dire, crois-moi que tu n'es pas le premier homme que je vois torse nu !

Le jeune homme se rapproche d'elle, il met un bras au-dessus de sa tête sur le canapé et l'autre sur l'accoudoir puis plonge son regard ténébreux dans celui de Crystal.

— Peut-être, mais, je pense être le seul à te faire de l'effet ! Bref, continue ton histoire.

Nick se retire. La jeune fille respire fort puis continue son récit.

— Ma mère est décédée il y a deux mois, j'ai voulu arrêter la prostitution, mais mon beau-père n'était pas de cet avis.

— Les bleus ?

— Oui... Il a commencé à envoyer son homme de main pour que je n'oublie pas que j'étais chez lui et que je devais faire ce qu'il voulait.

— Pourquoi ne t'es-tu pas enfuie plus tôt ?

Crystal se lève, s'approche de la baie vitrée, resserre ses bras sur elle-même et ferme les yeux.

— Nick, depuis des années je suis à la recherche de mon père biologique, ma mère ne m'a jamais rien dit hormis le fait que c'était un raté sans un sou... Kan m'a certifié que si je continuais de travailler pour lui... Il ferait tout ce qu'il fallait pour m'aider.

— Mais il ne l'a pas fait ?

— Non, je n'en pouvais plus de cette vie, alors je me suis enfuie et je me suis retrouvée ici. Ma mère a vécu dans le coin un petit temps, je me dis que c'était un bon début pour chercher mon père biologique. Voilà tu sais tout, tu peux me juger, me mettre dehors, faire ce que tu veux et...

Crystal arrête de parler et garde les yeux fermés. Elle sent une chaleur douce sur ses lèvres. Elle ne peut s'empêcher de coller son corps à celui de Nick, elle balade même ses mains sur son corps puis se ressaisit et essaie de se séparer de lui.

— Pourquoi veux-tu fuir ?

— Je viens de te le dire ! Je viens de te raconter mon histoire !

— Oui et alors ? Tu as vécu un mauvais départ dans la vie, un horrible départ je dirais, mais mon avis sur toi ne change pas, je n'explique pas ce qui m'arrive, enfin si, tu m'attires énormément autant physiquement que par le reste ! C'est comme ça !

— Nick...

— Tu mérites vraiment d'être heureuse ! Tu vas avoir vingt ans et il faut vraiment que tu vives pleinement !

— Il m'a retrouvée... C'est pour cela que je dois m'en aller, je ne veux pas qu'il arrive quoi que ce soit aux filles ou à...

— Oui ? À moi ? Ne t'inquiète pas pour moi. Quant à toi, crois-moi qu'il ne t'arrivera rien ! Je ne vais pas le laisser s'approcher de toi !

— Tu es quand même impressionnant ! On se connaît à peine et...

— Eh oui, j'ai envie de prendre soin de toi, de te protéger, cela te paraît idiot ?

— Idiot ? Non... J'aurais plutôt dit « étrange »...

— Bon, on continuera à discuter demain, va te coucher, repose-toi.

Crystal allait protester, mais finalement n'oppose pas de résistance et file dans la chambre de Nick. Elle ferme la porte et s'assoit sur le lit. Après de longues minutes, elle finit par s'endormir. La porte s'ouvre doucement et Nick se dresse devant le lit. La jeune fille a repoussé la couverture dans son sommeil. Il la recouvre puis s'empresse de sortir de la chambre.

Un bruit assourdissant réveille Crystal, elle se lève d'un coup et court dans la salle à manger. Elle découvre Nick qui bricole sur sa moto. En descendant les marches pour le rejoindre, ses jambes se prennent dans la ceinture du peignoir et elle trébuche. Croyant se retrouver à terre, elle met ses mains devant elle, mais se retrouve plaquée contre le torse de Nick. Il la redresse et ses yeux ne peuvent s'empêcher de parcourir la jeune femme.

— Tu es matinale ?

— J'ai été réveillée par un énorme bruit, je ne voulais pas te déranger.

— Tu ne me déranges jamais. Comment vas-tu ?

— Sommeil agité... Je voulais te remercier de m'avoir couverte cette nuit.

— Ce n'est rien ! Je voulais te dire aussi que j'avais prévenu Kate que tu étais ici, elle était folle d'inquiétude.

Crystal le remercie et se rend compte qu'elle est toujours dans les bras de Nick. Elle trouve une excuse pour s'écarter.

— Je vais te laisser continuer, je vais préparer le café !

— C'est le fait d'être dans mes bras qui te dérange ?

— Pas du tout !

Elle relève la tête en signe de défi, et s'en va. Nick la rattrape par le bras, la fait tourner et s'empare de ses lèvres. Au début surprise, Crystal s'accroche finalement aux épaules de Nick pour approfondir le baiser. Ses mains se baladent sur son torse et descendent sur son bas ventre. La main de Nick l'en empêche et Crystal s'étonne puis sourit.

— Je comprends !

La jeune fille reprend rapidement son chemin mais Nick la rattrape et se place devant elle.

— Que comprends-tu ?

— Nick, ce n'est pas un reproche, j'ai entendu parler de toi, tu sais. Jamais chez toi, jamais dans ton lit et après ce que je viens de te raconter sur moi... Je comprends.

— Non, tu ne comprends pas ! Ton histoire n'a rien à voir avec ma réaction, je te l'ai dit. Quant à ce qui se raconte sur moi... Oui c'est vrai, j'ai eu énormément de conquêtes, mais personne n'est venu ici, c'est la vérité. Je ne voulais pas être envahi dans mon intimité et...

— Ne te justifie pas ! J'ai compris !

— Je rêve ou tu me fais... Un caprice !

— Un caprice, c'est une blague ? Tu me vois comme une gamine de 10 ans ? Figure-toi que je ne t'ai pas attendu pour être dans le lit d'un homme !

— Oui, mais dans le lit d'un homme qui te désire réellement et qui te fait de l'effet ?

— Je préfère partir, je n'ai plus envie de discuter de ça avec toi.

— Ha non tu ne vas pas partir, car je n'ai pas fini ! Moi je l'avoue, oui tu me fais de l'effet, oui j'ai envie de toi et t'avoir dans mon lit ne me dérange absolument pas, partout dans le chalet si tu veux ! Mais... avant j'ai envie de te parler de quelque chose... mais, pas maintenant, laisse-moi un peu de temps.

— ... On va déjeuner ?

Crystal s'éloigne de lui et va dans la cuisine. Nick la rejoint et ils mangent en silence leur petit-déjeuner. La jeune fille s'habille et demande à Nick de la raccompagner au bar. Une fois devant le bar, il la regarde :

— Tu vas t'enfuir ?

— Je vais juste quitter le bar, je ne peux pas prendre le risque qu'il arrive quoi que ce soit aux filles.

— Où vas-tu aller ?

— Je ne sais pas encore...

— Viens chez moi !

— Nick, ce n'est pas sérieux, il me retrouvera, il a le bras long.

— Moi aussi j'ai le bras long, crois-moi ! S'il s'amuse à...

— Et tu penses que parce que tu es un Wingleton, tu pourras l'arrêter ?

— Comment le sais-tu ? Comment connais-tu mon nom de famille ?

— Sur ta cheminée, il y a une photo de toi et tes frères et, si je ne me trompe pas, les mariages de ces derniers ont fait beaucoup de bruit dans la presse people !

— C'est exact. Mais pourquoi tu ne me l'as pas dit plus tôt ?

— Je n'y voyais aucun intérêt, c'est juste ton nom de famille.

— Pour moi c'est important. Crois-moi que j'ai appris que la seule évocation de mon nom de famille pouvait faire changer les gens.

— Attends, tu insinues quoi ?

Crystal prend son sac et ne rentre même pas dans le bar, elle passe à côté de la moto et s'engage sur la route. Il pleut de plus en plus fort. Nick la rejoint en courant et en l'appelant.

— Reviens !

— Nick, fais-moi le plaisir de me lâcher, tu me fais mal !

— Tu n'as pas compris ce que j'ai voulu dire !

— Ho si crois-moi, tu as peur que quoi ? Que je m'en prenne à ta fortune ? Que je profite de toi ? Je te rappelle que c'est toi qui es venu vers moi en premier ! Maintenant, laisse-moi et...

Une fois de plus le baiser de Nick fait taire la jeune fille. Le baiser de Nick lui fait perdre la notion du temps. La pluie tombe sur le couple, mais rien n'y fait, on se croirait dans un film à l'eau de rose. Crystal interrompt le baiser. Nick la prend dans ses bras.

— Jamais je n'ai pensé ça de toi, je sais que tu n'as pas profité et je sais que c'est moi qui suis venu vers toi et je ne le regrette pas. Je suis attiré par toi et tu le sais !

— OK, je me suis emportée ! Pour ce qui est de l'attirance... tu n'es pas mal non plus !

Les deux rigolent en même temps lorsqu'un rire encore plus strident s'élève près d'eux.

— Tiens, tiens, Nick, tu joues à la poupée ? Quand il te faudra une vraie femme et que tu en auras marre de faire des petits bisous, tu me le diras. Je serai là !

— Lila, laisse-les !

— Kate ? Tu es comme Nick, toujours à défendre les causes désespérées !

Crystal rentre dans le bar, mais est vite rattrapé par Lila. Elle lui attrape violemment le bras et s'approche à quelques centimètres du visage de la jeune fille. Nick ne bouge pas et assiste à la scène depuis sa moto.

— Je te préviens, je ne vais pas laisser une gamine de dix-neuf ans mettre la main sur Nick, il est à moi, tu vas vite déguerpir sinon...

— Sinon quoi ? Tu penses sincèrement que tu me fais peur, Lila ? J'ai connu des femmes beaucoup plus coriaces que toi. Tu prends Nick pour un morceau de viande ? Je vais te dire la vérité, tu n'en as rien à cirer de qui il est, ce qu'il ressent au fond de lui, ce que tu vois c'est son nom de famille ! Alors maintenant tu fais ce que tu veux, je ne suis pas en couple avec lui ! Je te conseille également de me lâcher et très vite, tu pourrais le regretter amèrement !

Lila regarde la jeune fille avec un air interrogateur, mais la lâche. Elle part furieuse vers sa voiture et s'en va.

— Elle n'est pas contente, je pense que tu l'as de nouveau mise en colère.

Crystal se retourne et fait face à Nick avec un petit sourire en coin.

— Va la réconforter si ça te dit !

La jeune fille rentre, mais Nick descend de sa moto et la rattrape. Il la retourne d'un geste brusque, la plaque contre son corps et l'embrasse passionnément, puis lui murmure à l'oreille :

— Ce n'est pas elle qui hante mes pensées, tu le sais très bien ! Bonne journée ma belle !

Nick la laisse et sous le regard hébété de ses deux collègues, elle va dans la cuisine pour commencer à bosser. Kate ouvre la porte.

— Il s'est passé quoi la nuit dernière entre Nick et toi ? Et heureusement qu'il m'a appelée. Je me demandais où tu étais passée !

— Rien du tout ! Nous avons juste discuté, rien d'autre ! Oui je suis désolée pour hier...

— Ne me mens pas, tu as vu comment il t'embrasse ! Tu ne vas pas me dire que vous n'avez rien fait !

— Hé bien si, je te le dis, il ne s'est rien passé du tout !

— Bon... OK, ne t'énerve pas,

Crystal passe la matinée à finir le repas pour le midi et demande sa pause aux filles. Une fois à l'étage, elle se met à faire les cent pas dans sa chambre en se demandant si elle ne ferait pas mieux de partir quand même. Si son beau-père la retrouve, elle n'ose même pas imaginer ce qu'il fera à Kate, Anaïs, Nick et les autres. C'est décidé, elle passe la soirée ici et partira le lendemain, mais elle ne doit rien faire transparaître, personne ne doit s'apercevoir de son choix et surtout pas Nick.

Le soir venu, Crystal travaille comme si de rien n'était, elle monte même sur scène pour chanter. Lors de sa dernière chanson, elle se retrouve plongée dans le noir et entame : « Sally's song ». Cette chanson a des notes assez tristes, mais Crystal la chante avec un petit sourire et espère au fond d'elle-même qu'un jour elle pourra vivre une vie normale. La musique s'arrête et Crystal sort de la scène sous les applaudissements de tout le monde. Elle sourit puis discrètement se glisse dans sa chambre. Elle fait son sac et laisse une note aux filles ainsi qu'une à Nick. Une larme roule sur sa joue et elle commence à se remémorer le jour où elle est arrivée dans le bar, le jour où elle a rencontré Caleb, Domi, Nick et les autres. Elle descend de la chambre et pose ses affaires dans un coin. Crystal traverse la cuisine et retourne dans le bar. Elle se met à discuter avec les filles et Caleb.

— Bon alors la miss ? Une autre chanson ? Je suis ton homme, tu le sais !

— Laisse-la, Caleb...

— Ha non, Kate ! Avec Crystal on l'a dit, ce n'est que de l'amitié, et de toute façon, je ne sais pas pourquoi, mais au fond de moi je sens que je ne peux pas aller plus loin. Elle restera une très bonne amie, j'en suis sûr !

— Avec plaisir Caleb, même si tu es un sacré coureur de jupons, je sais que tu es quelqu'un de bien au fond de toi... Ne change jamais. Vous êtes tous, d'ailleurs, des bonnes personnes ! Merci de l'accueil que vous m'avez fait, jamais je ne l'oublierai ! Bon... vous m'excuserez, mais je vais me coucher !

— Bonne nuit ! À demain !

Crystal fait un signe de la main et s'éclipse doucement. Elle va récupérer ses affaires et part par la porte arrière de la cuisine. Alors qu'elle s'apprête à partir, une voix froide la stoppe net.

— Sérieusement ?

— Nick ? Mais tu étais à l'intérieur du bar !

— Alors je ne te connais pas depuis longtemps, mais... Je reconnais la voix qu'on a quand on dit adieu et je l'ai surtout compris en t'écoutant chanter... Ta chanson de tout à l'heure...

— Laisse-moi partir...

— Non... Je ne peux pas, je dois absolument te parler et t'avouer quelque chose...

— Tu ne vas pas me dire que tu es tombé amoureux de moi quand même !

— Cela te choquerait tant que ça ? Bref, je tiens à toi, mais ce n'est pas ça... Ta chanson, je la connais, je l'ai déjà entendue...

— Oui, comme beaucoup de personnes ! Elle est tirée d'un film de Tim Burton.

— Oui, mais ce n'est pas là que je l'ai entendue...

— J'ai du mal à comprendre.

— Je dois t'avouer quelque chose, écoute je...

À ce moment-là une énorme berline fait irruption et ses phares éblouissent Crystal et Nick. Ce dernier se met devant la jeune fille pour la protéger. La porte avant s'ouvre sur un homme qui va ouvrir la porte arrière. Un autre homme en costard en descend, il écrase sa cigarette à terre et regarde les deux jeunes gens.

— Tu m'as donné du fil à retordre, Crystal ! Maintenant, il vaut mieux que tu rentres de suite !

Chapitre 5

L'homme qui se trouve en face de Crystal n'est autre que son beau-père, Kan Kolling. Il la regarde d'un air furieux, mais se heurte à Nick quand il s'approche un peu trop près.

— Tu t'es trouvé un chien de garde?

— Ne t'approche pas d'elle!

Le remue-ménage a fait sortir Kate, Anaïs, Caleb et certains clients.

— Mon cher Nick, tu ne fais pas le poids!

Des hommes sortent de la voiture et une femme fait également son apparition. Crystal la regarde et ouvre grand la bouche.

— Lila? Mais...

— Oui, ma chère Crystal, tu ne sais pas bien t'entourer, cette jeune femme t'a reconnue sur les affiches de mon bar! Elle m'a directement mené à toi!

Nick s'énerve et commence à s'emporter.

— Partez d'ici! Quant à toi Lila tu n'es qu'une... garce!

— Allons Nick, ne t'en prends pas à elle, tu aurais dû t'en douter que je la retrouverais!

Crystal secoue la tête et regarde son beau-père ainsi que Nick.

— Pourquoi vous parlez comme si vous vous connaissiez?

Nick se retourne et prend la jeune femme par les épaules puis la regarde dans les yeux.

— Crystal, je t'ai dit que je devais te dire un truc... Je dois te le dire, mais...

— Allons, Nick, tu peux lui dire que tu as été mon dealer pendant six ans ! Et pas que dealer, un consommateur aussi ! Et pas que de drogue, si tu vois ce que je veux dire...

— Je ne me suis jamais approché des filles ! Je n'en ai jamais touché aucune, enfin... Crystal...

Nick voit le visage de Crystal, ce dernier est rempli de larmes et de peine. Elle se tourne vers lui.

— Tu savais ce qu'il faisait, tu ne m'as rien dit, sur ton passé, tu... je me suis confiée à toi ! Tu m'as trahie, tu savais très bien qui était Kan ! Tu as bien joué le jeu, bravo, le meilleur comédien du monde ! Je suppose que tout le reste n'était que du bla-bla également ! Tu me dégoûtes !

— Crystal... Ce n'était pas facile, je ne suis pas fier de ce que j'ai fait, ce n'est pas simple de me confier...

— Et moi ? Tu crois que c'était facile de te dire que j'étais sa putain ! Que je travaillais pour lui depuis l'âge de seize ans ! Je me suis confiée à toi et tu ne m'as rien dit ! Tu as continué de faire comme si de rien n'était !

Kate, Anaïs, Caleb et les autres clients tombent des nues en assistant à la scène. Anaïs s'approche de Crystal.

— Ne lui en veux pas... Il n'est pas passé par des phases faciles...

— Et moi ? Tu crois que c'était facile d'être une prostituée à seize ans ! Non, c'est trop facile !

Kan regarde sa belle-fille avec un air satisfait et lui ordonne de rentrer avec lui sinon il s'en prendra à ses amis, au bar et à plus encore.

— Laisse-les tranquilles ! Je viendrai avec toi !

— NON !

Nick retient Crystal par le bras et lui ordonne de ne pas y aller. Les deux se disputent et au dernier moment, un bruit assourdissant met fin à tout ça. Nick lâche Crystal et se tient la joue. Elle vient de le gifler.

— J'aurais pu te faire confiance, j'avais envie de croire qu'un jour je pourrais être autre chose... Mais non, je resterai une putain pour toujours ! Je ne veux plus jamais te voir !

— Crystal...

La jeune fille monte dans la voiture et ferme la porte. Au moment où Kan monte dedans, il se retourne, car Nick vient de l'appeler.

— Kan ! Tu me l'as prise une fois... Je ne te laisserai pas recommencer ! Tu ne lui feras pas de mal, je te tuerai !

— Tu es loin de me faire peur mon cher, fais gaffe à toi, car crois-moi que je te détruirai ! Maintenant je te conseille de ne plus t'approcher d'elle !

Kan remonte et la voiture s'éloigne. Lila, qui est restée sur place, s'approche de Nick.

— Enfin, nous allons pouvoir recommencer à nous amuser et...

— Tu ne t'approches pas de moi, tu ne sais même pas ce que tu viens de faire !

— On s'en fout, tu as entendu, ce n'est qu'une pute !

Caleb, qui s'était approché, la gifle brusquement.

— Je t'interdis de parler d'elle comme ça !

— Tu es vraiment débile ! Vous n'allez pas me dire que vous êtes tombés amoureux d'elle !

— Moi non, mais ce que tu as fait reste impardonnable, va-t'en d'ici ! lui dit Caleb.

Lila se retourne vers Nick en lui demande si c'est ce qu'il veut. Il lui intime de partir et de ne plus jamais revenir.

— Si je ne te connaissais pas, je dirais que tu es amoureux!

Nick ne dit rien, il allume une cigarette et répète à Lila de partir.

— Tu te rends compte que ce n'est qu'une putain!

— Alors tu peux dégager d'ici et aller répéter dans le grand monde que Nick Wingleton est raide dingue d'une pute! Maintenant, sors de ma vue!

Lila part et Nick se laisse tomber à terre. Caleb se rapproche et l'aide à se relever. Il le ramène au bar. Kate lui sert à boire pour lui remonter le moral.

— Tu l'aimes?

Nick lève la tête et regarde Kate.

— Je ne sais pas, ce n'est pas facile, j'ai envie de la prendre dans mes bras à tout moment, j'ai l'impression que dès qu'elle n'est plus dans mon champ de vision, je ne suis pas bien. Et maintenant... Je n'ai même pas pu m'expliquer... Merci, les amis, je vais rentrer.

— Tu veux que je te raccompagne?

— Non, Caleb, merci, à plus les amis.

Nick monte sur sa moto et roule sans but, enfin si, il a un but précis. Il roule vers la ville de Paname City. Deux jours plus tard, après avoir atteint son but, il frappe à une porte d'une petite maison de campagne. Une magnifique jeune femme rousse lui ouvre la porte.

— Nick? Que viens-tu faire ici? Mais... Tu as pleuré!

— Hope... Darren est là? J'ai besoin de lui... Je sens que je vais faire une connerie...

Hope laisse Nick passer et l'installe dans la véranda.

— J'appelle Darren, il est à l'étage. Tu ne bouges pas!

Hope accélère le pas et monte les marches en laissant Nick réfléchir. Ce dernier tape dans la table basse.

— Elle ne t'a rien fait et si tu la casses tu verras avec ta belle-sœur, c'est elle qui l'a chinée dans un vide-grenier.

— Darren ! Je suis désolé, je devais venir, j'ai eu peur de replonger...

— La drogue ? Ha non ! On t'en a sorti ! Plus jamais !

— Je sais, mais là, ce n'est pas pareil... C'est... Une fille...

— C'est toujours à cause d'une femme mon cher, j'en sais quelque chose !

— Ce n'est pas pareil, je... Je ne sais plus où j'en suis...

Darren dit à son frère de s'asseoir et de lui raconter tout en détail. Une fois fini, il prend son frère dans les bras.

— Je vais t'aider, tu ne vas pas replonger, je ne te laisserai pas faire !

— Merci, Darren, mais que peut-on faire ? Kan l'a ramenée dans un de ses bordels, je suis sûr qu'il l'a remise sur le marché et rien que de savoir ça... Ça me dégoûte !

En disant ça, Nick tape une nouvelle fois dans la table basse.

— Nick ! Ma table !

— Pardon Hope... Je ne suis pas très bien...

— Oui j'ai cru comprendre... J'en suis désolée... Je suis sûr qu'on va réussir à la sortir de là ! Elle a quel âge ?

— ...

Hope regarde son beau-frère et lui redemande.

— Dix-neuf ans ! Oui je sais, elle est beaucoup plus jeune que moi, mais... elle en aura vingt dans quinze jours et...

— Je ne te juge pas du tout, c'est juste pour savoir, calme-toi !

— Déso, Hope, je suis un peu sur les nerfs...

— Je te comprends, ne t'inquiète pas. Je vous laisse discuter entre vous, je vais préparer le repas.

— Je ne veux pas vous déranger et...

— Il n'y a pas de « et » qui tienne, tu restes avec nous et je vais même te préparer la chambre d'amis.

Nick ne discute pas plus et sourit à sa belle-sœur. Darren lui sert à boire et le jeune homme se dirige dehors pour prendre l'air. Son frère, qui n'est pas dupe, s'approche de lui.

— Nick ? Je sens qu'il y a autre chose...

— Oui, tu sais, Crystal...

— Il y a autre chose que je dois savoir sur elle ? J'ai l'impression que tu ne me dis pas tout et vu la façon dont tu en parles... Ça me rappelle la jeune fille dont tu parlais pendant ta cure...

— Darren, je délirais ! J'étais sous stupéfiant violent, je me suis inventé une vie et...

Il s'arrête et soupire.

— À quoi bon mentir... Oui, c'était elle, je le sais, je le sens depuis que mes lèvres ont touché à nouveau les siennes. Darren, je porte un lourd secret en moi depuis cette nuit, il y a 4 ans... Je ne sais plus ce que je dois faire, où j'en suis... J'ai été un raté toute ma vie et là je pensais enfin pouvoir faire quelque chose de ma vie, mais non...

À l'âge de 18 ans, Nick était parti de la maison familiale, en désaccord avec ses parents. Lui voulait faire de la musique, mais pas eux. Il avait tenté sa chance et avait réussi. Deux ans plus tard, c'était un artiste connu, il a fait les plus grandes scènes, travaillé avec les plus grands, mais il a également connu le côté sombre de ce monde : le sexe, la drogue et l'alcool. Il était devenu un grand consommateur d'héroïne, cannabis et autres stupéfiants. Il s'était même mis à dealer pour un grand mafieux, Kan Kolling. Mais il y a 4 ans, il a vécu une soirée pas comme les autres et sa vision de la vie a changé. Il a voulu s'en sortir et a demandé de l'aide à ses frères. Il avait trop honte pour voir ses parents. Darren et James l'ont aidé à s'en sortir, ils l'ont placé dans un centre pour pouvoir faire une cure de désintoxication. David, le plus jeune des frères, n'est pas venu à sa rescousse, car il ne lui a jamais pardonné de l'avoir abandonné... Ils étaient très proches. David n'avait que seize ans quand Nick est parti, il lui en veut encore. Ses parents ont essayé de reprendre contact avec lui, mais il n'a jamais voulu... Par honte, il n'a rien accepté, ni argent ni logement, rien du tout, juste une entrevue lors du mariage de ses frères. Il est sorti de sa cure et s'est reconstruit, il est retourné dans le monde de la musique et s'est fait de nouveau une petite place, moins importante qu'avant, mais ça lui convient. Il a ensuite fait la connaissance de Kate, une gentille fille battue par un homme, il l'a sortie de là et lui a offert un bar avec ses économies et ce qu'il avait mis de côté. Maintenant il se retrouve aujourd'hui dans la maison de son frère et va lui avouer le secret qui le ronge depuis tant de temps.

— Nick, tu n'as pas raté ta vie, tu as eu un passage à vide, un mauvais passage, mais c'est fini tout cela. Dis-moi, que s'est-il passé il y a 4 ans ? Je suis sûr que ça a un rapport avec cette Crystal !

Au même moment, Hope arrive pour dire que le repas est prêt. Nick en profite pour poser son verre et vite quitter la pièce. Darren fait les gros yeux à Hope.

— Quoi ?

— Rien, laisse tomber !

Darren passe devant Hope, mais cette dernière n'a pas l'intention d'en rester là, elle le rattrape par le bras.

— Non, tu me dis tout de suite ce qui ne va pas !

— Hum, ton caractère de feu reprend le dessus !

— On ne parle pas de ça, que se passe-t-il ?

— Rien, Nick allait se confier et... tu es arrivée !

— OK, je suis désolée, mais ce n'est pour ça que tu dois me faire ton regard de tueur.

— Pardon, ma chérie, comment puis-je me faire pardonner ?

— Hum, je suis sûr que tu trouveras, mon Amour, en attendant il faut aider ton frère !

— Ho oui, j'ai déjà une petite idée pour ton cas ! Pour mon frère, il faut qu'on parle sérieusement lui et moi, je ne vais pas le laisser comme ça et je sais qu'il me cache un truc !!

Les deux tourtereaux rejoignent Nick pour le repas, qui se passe sans encombre. À la fin, Hope se retire dans son bureau pour travailler et pour laisser les hommes parler entre eux. Darren sert un digestif à Nick. Ce dernier commence à vouloir parler, mais Darren lève la main.

— Attends... j'ai appelé quelqu'un... il arrive... il a pris le premier avion et...

La sonnette retentit et Darren part ouvrir. Lorsqu'il revient, Nick a la surprise de voir son frère, James, devant lui.

— Alors, on a un souci ?

— James ? Mais pourquoi Darren t'a appelé ? Il ne fallait pas... Je ne vais pas vous déranger pour ça...

— Darren m'a expliqué que tu avais un souci ! On est frères et on doit se serrer les coudes et...

Un cri de joie se fait entendre dans le hall d'entrée, les trois hommes se précipitent et voient le tableau devant eux. James explique à ses frères.

— Nina était toute contente de voir Hope et surtout de... enfin ce n'est pas le moment, Nick que se passe-t-il ?

— Non, dis-moi, James.

Nina s'approche de Nick pour lui dire bonjour.

— Bonjour, Nick, ce que James veut dire c'est que je suis enceinte ! Je suis venue avec lui pour voir Hope et qu'on puisse papoter et...

— Demain on va faire les boutiques !!!

— Voilà... je m'en doutais ! Je vais être ruiné !

Darren regarde son frère.

— Tu veux dire, on va être ruinés, mon vieux !

Les deux jeunes femmes tirent la langue à leur mari et s'éclipsent discrètement. Les deux frères se rapprochent de Nick. Ce dernier regarde James et le prend dans ses bras.

— Je suis vraiment heureux pour toi, c'est sincère !

— Merci beaucoup, je ne te cache pas que cela m'a fait un choc quand elle me l'a dit... Je ne m'attendais pas à devenir père si vite.

— Elle est enceinte de combien ?

— De 6 mois !

— Ça ne se voit pas !

— Oui elle a eu peur, mais le médecin lui a dit que chaque femme est différente et qu'elle prend juste le poids pour le bébé. Bon, parlons de toi maintenant, c'est le principal ! Je suis venu principalement pour t'aider et non pour que ma femme et celle de Darren nous ruinent !

Une hilarité générale entraîne les frères dehors dans le patio. Nick explique rapidement son histoire avec Crystal puis se lève et regarde le ciel.

— Elle est où ? Je sais que Kan ne la ramènera pas dans un de ses bars ou bordels que je connais, il sait que j'irais la chercher là-bas en premier !

— Crois-tu sincèrement qu'il soupçonne que tu ailles à sa recherche, il pense peut-être que tu as lâché l'affaire !

— Non, il sait très bien que j'irai la chercher coûte que coûte, mais il sait aussi que je ne ferais pas de scandale par peur de représailles sur ma famille... Je dois vous raconter un secret, je dois vous raconter ce qu'il s'est passé il y a quatre ans... Ne me jugez pas, je vous en prie... Tout commence un soir de novembre...

Nick raconte le récit à ses frères et ces derniers gardent le silence, même après son récit. Il leur demande de réagir, mais les deux ne savent pas quoi répondre. Nick se lève brusquement, traverse le patio, va dans la salle à manger et attrape son casque de moto. Il pose sa main sur la poignée de la porte, mais ses deux frères l'arrêtent.

— Attends ! Désolé, c'est ce que tu nous as raconté, on ne te juge pas et ça aurait pu nous arriver, mais, pour ma part, et je dirais que James pense pareil, je cherchais un moyen de te sortir de là et t'aider ta copine, Crystal. Vous êtes dans un sacré merdier !

— Je sais, je veux la sauver, je ne veux pas qu'elle recommence, qu'il la force à se prostituer de nouveau...

— C'est dur, mais on va t'aider, on ne te laissera pas tomber, on est une famille !

— Oui... enfin...

— Si tu voulais, je suis sûr que David et nos parents seraient heureux de te voir et de t'aider !

— Je ne peux pas, j'ai trop honte et... David, je l'ai déjà tellement déçu... Je ne veux pas affronter leur jugement, c'est lâche je sais, mais je ne veux pas... Je suis déjà venu à vos mariages en y restant toujours un peu en retrait.

— Bon, chaque chose en son temps... Déjà ta copine, il va falloir que je mette certains de mes contacts sur le coup !

James se retourne vers Darren.

— Je ne suis pas garde du corps et encore moins détective privé comme toi, mais je veux aider !

Nick se retourne vers son frère Darren avec étonnement.

— Détective privé ?

— Oui, j'ai passé les qualifications qu'il faut et en complément de mon travail de garde du corps, je fais ça ! Quand je me suis associé avec Hope, je me suis rendu compte que je n'avais plus beaucoup de boulot, donc je me suis lancé ce défi et avec l'aide de ma tendre et sulfureuse femme, j'y suis arrivé ! Donc j'ai pas mal de relations et on va les faire marcher pour retrouver Crystal ! Quant à toi, James, tu vas être très utile, tes connaissances en langues étrangères diverses vont être précieuses ! En attendant, on va aller se reposer, la journée a été longue et celles qui arrivent vont être rudes.

Les trois hommes rejoignent leurs chambres, Nick ne se couche pas, il préfère s'asseoir sur un fauteuil près de la fenêtre. Toutes ses pensées sont dirigées vers Crystal. Il se demande où elle est, ce qu'elle fait. Il n'aurait pas dû la laisser dans l'ignorance et tout lui avouer le jour où elle lui a dit qui elle était. Même s'il avait eu un petit doute en la voyant débarquer dans le bar de Kate, il a su à la minute même où ses lèvres ont rencontré les siennes que c'était elle. Sa rencontre d'il y a quatre ans... Pourra-t-elle lui pardonner ?

Chapitre 6

Une lumière s'éteint et la jeune fille qui se trouve sur scène part en coulisse sous les sifflements des hommes conquis. Une fois dans sa loge, elle s'assoit devant le miroir et une larme perle sur sa joue. Une autre femme s'installe derrière elle.

— Ma belle... Il ne faut pas pleurer, je suis sûre que tout s'arrangera pour toi !

— Je n'y crois plus depuis longtemps... J'ai essayé de m'enfuir, de disparaître, mais il m'a retrouvée ! Où que j'aille, il me retrouvera !

— Crystal... Je suis sûre que tu y arriveras ! Et Nick ? Il va t'aider j'en suis sûre !

— Nick ? Pfff, il a dû m'oublier dans les bras d'une autre nana ! Je pense que même si on s'attirait physiquement, il n'y aurait eu rien d'autre… Pourtant j'ai une impression de déjà-vu quand je suis avec lui, encore une fois je me suis fait des idées. Ça aurait été comme avec les autres... Je suis destinée à vivre une vie pourrie !

— Dis-moi, il y a quatre ans... Il y a eu cet homme qui...

— Chut Clara ! N'en parle à personne. C'est un secret que je t'ai confié, personne ne doit être au courant !

— OK, mais, tu y penses à cet homme ?

— Oui j'y pense, et je me dis même que… non laisse tomber.

— Quoi ?

— Rien laisse tomber, juste une impression, rien d'autre !

— Non, dis-moi !

— ... Quand j'ai croisé le regard de Nick... J'ai eu comme l'impression de l'avoir déjà vu... Je pense même que c'est pour ça que je l'ai embrassé... J'ai vraiment cru que...

— Tu penses que c'est lui ! Il y a quatre ans qui...

La porte de la loge s'ouvre sur Kan et deux de ses hommes de main. Ils regardent attentivement Crystal.

— Deux hommes sont là, ils veulent une fille pour « passer un bon moment » ! Tu vas t'en charger et vite !

— Je t'ai dit non ! Pour l'instant je ne reprends pas cette activité et...

Kan se précipite sur elle et la prend par le bras pour l'obliger à se lever.

— Que crois-tu ? Que ton Nick va arriver sur son cheval blanc ? Il ne viendra pas, car il a peur, j'ai un dossier contre lui et crois-moi qu'il ne va pas risquer la réputation de sa famille pour une putain ! Maintenant tu vas faire ce que je te dis !

Crystal lui crache au visage et lui dit d'aller se faire foutre. À la seconde même, un homme de main de Kan lui administre une gifle. Kan s'emporte.

— Pas le visage ! Putain, faites gaffe ! Tu vas le regretter, ma petite !

Il commence à malmener Crystal, mais Clara s'interpose.

— Kan, elle est épuisée, laissez-moi y aller s'il vous plaît. Au moins pour ce soir.

— Tu te sacrifies pour elle ? Tu crois qu'elle a pensé à toi quand elle s'est enfuie ? Bon, il me faut une fille pour ces deux gars et je veux que ça se passe bien, alors vas-y ! Quant à toi, ma chère belle-fille, Clara ne sera pas toujours là pour te sauver la mise !

Kan et ses hommes partent en claquant la porte, tandis que Crystal tombe à terre, en larmes. Clara la soulève par les épaules et la fait asseoir sur la chaise.

— Je suis sûr qu'il raconte des histoires sur Nick...

— Non... Il a raison, pourquoi veux-tu qu'il vienne, je ne suis qu'une putain et Kan a raison, Nick ne va pas risquer la réputation de sa famille. Je suis perdue... Cela va faire une semaine et demie que je suis arrivée ici et je n'ai reçu aucun signe de lui. Il poursuit sa vie et il a raison ! Vu comment je l'ai envoyé sur les roses de toute façon...

— Je ne suis pas d'accord avec toi ! Avant que Kan ne rentre, tu m'as dit qu'en le voyant tu avais eu l'impression de le connaître ! Peut-être que c'est lui... L'homme d'il y a 4 ans !

— J'en doute... C'était il y a si longtemps, je ne me souviens pas bien. Mes souvenirs sont flous. Laisse tomber. Je ne veux plus souffrir. À partir de demain, je recommencerai comme avant et puis c'est tout ! Maintenant, vas-y, je ne veux pas qu'il t'arrive malheur...

Clara ne dit rien et laisse Crystal seule dans la pièce. Cette dernière se démaquille, se change et se cloître au fond de la pièce. Elle attrape une photo dans son sac et la serre contre elle. Il s'agit d'une photo de mariage, dessus il y a sa mère et... son père, mais on ne voit pas son visage, sa mère l'a complètement défiguré, gribouiller. Elle se souvient encore du jour où elle a demandé à sa mère de lui dire qui il était. Cette dernière a rigolé en disant qu'il ne fallait pas parler de lui, que c'était un raté, un musicien de bas de gamme, qu'il ne servait à rien et autres méchancetés. Crystal s'est pourtant juré de le retrouver. Elle le sent, elle a plus de points communs avec lui, contrairement à ce que beaucoup de personnes prétendent. Déjà, sa passion pour la musique et le chant vient de lui. Crystal se met à pleurer en serrant la photo de plus en plus fort.

— Je te retrouverai, je m'en sortirai, même si je dois le faire seule ! De toute façon, j'ai appris que dans ce monde, tu dois te débrouiller par toi-même !

Crystal attrape un sac le jette sur son épaule et sort par derrière. Un homme la suit. Cinq minutes plus tard, en bas d'un immeuble, elle se retourne.

— C'est bon tu peux aller dire à mon beau-père que je suis rentrée ! Tu ne vas quand même pas me suivre chez moi !

— Mmh, j'aimerais bien, moi, on m'a raconté que tu étais bonne, ma belle ! Après je n'ai pas envie de me prendre une balle par le patron, mais... si tu me proposes...

— Dégage, gros dégueulasse !

Crystal entre dans le bâtiment et se dirige vers un appartement tout en surveillant derrière elle. Elle le partage avec deux autres filles, dont Clara. Elle ferme sa porte à clé, va sous la douche et s'écroule en pleurant. Dans la pénombre de la nuit, on peut entendre son dernier chuchotement : *Nick*.

Non loin de là, dans la ville, Clara se fait escorter par les deux hommes vers une luxueuse chambre d'hôtel. Une fois à l'intérieur, elle commence à se déshabiller, mais les deux hommes l'arrêtent aussitôt.

— Non s'il vous plaît, nous ne sommes pas là pour ça.

— Normalement, c'était Crystal qui devait venir.

Clara se rhabille et regarde les deux hommes avec beaucoup de méfiance.

— Vous lui vouliez quoi, à Crystal ? Je vous préviens, si vous êtes deux gros pervers qui...

— Loin de là, mademoiselle, nous voulons juste lui rendre sa liberté. Je me présente, je m'appelle James, James Wingleton et voici mon frère, Darren Wingleton.

— Vous êtes les frères de Nick ? Il est en ville ?

— Plus près que vous ne le pensez...

Un homme se détache de la pénombre de la chambre. Clara le reconnaît aussitôt, elle l'a déjà vu dans le club et Crystal lui a beaucoup parlé de lui.

— Vous... Nick ? Mon Dieu... Crystal ne va pas en revenir... Elle a cru que...

— Que quoi ? Que je ne viendrais pas la chercher ?

— Oui... Elle est persuadée que vous vous êtes consolé dans les bras d'une autre et que vous n'en avez rien à faire d'une... putain !

— Comment peut-elle penser ça ?

Darren intervient au même moment.

— En même temps, tu n'as rien fait pour la laisser croire le contraire ! Bref, maintenant il va falloir la sortir de là et ça ne va pas être facile. Quel est votre nom, mademoiselle ?

— Je m'appelle Clara, si je peux faire quoi que ce soit pour la sortir des griffes de Koling, dites-le-moi !

— Vous allez nous être très utile dans ce cas... Il va falloir la jouer fine, j'ai bien vu ce soir qu'il ne lâchait pas ses filles comme ça... Et on ne doit pas se faire reconnaître.

— En même temps, c'est Crystal qui n'a pas voulu venir. Elle lui a dit ne pas être prête, mais... j'ai peur qu'elle perde espoir et qu'elle recommence...

Un bruit de verre brisé se fait entendre, tout le monde se retourne vers Nick.

— C'est hors de question qu'un homme la touche !

Darren et James se regardent et sourient discrètement.

— Pas amoureux ? Bref, tu éviteras de casser les verres s'il te plaît, c'est une sale manie chez toi !

Clara se rapproche de Nick.

— Vous êtes amoureux d'elle ?

— Écoutez je... Je ne sais pas...

Clara sourit.

— Vu comment vous parlez d'elle, je pense que oui ! Mais dites-moi, seriez-vous l'homme d'il y a quatre ans ?

— Comment êtes-vous au courant ?

— C'était donc vous !! Crystal m'en a parlé, évidemment ! C'est vraiment formidable pour elle... Elle vous attend jour et nuit depuis...

— Quoi ? Mais c'est impossible, cela ne s'est passé qu'une fois et...

— Et quoi ? Que ressentez-vous, vous, depuis cette nuit ? Et quand vous l'avez revue, que s'est-il passé ?

— Oui, depuis cette nuit ma vie s'est transformée et quand je l'ai revue, j'ai su que c'était elle... Même si je doutais un peu, ça remonte à longtemps… Mais je le sentais dans mes tripes... C'est indescriptible.

Clara va s'asseoir sur le lit et raconte aux frères le calvaire que doit endurer Crystal chaque jour.

— Kan !

— Calme-toi Nick, il a des preuves contre toi !

— Et alors ! Je ne vais pas la laisser comme ça, je vais y aller et...

— Et rien du tout ! Tu ne vas pas tout gâcher ! Laisse-nous mettre notre plan au point ! Clara, vous allez rentrer au club et surtout ne rien dire à Crystal. Faites comme si de rien n'était, elle ne doit rien savoir.

— Bien sûr ! Ne vous inquiétez pas, j'attendrai votre signal !

Clara récupère ses affaires, elle se dirige vers la porte de sortie, mais Nick lui barre le passage.

— S'il vous plaît... faites en sorte que... personne ne la touche !

Clara sourit, elle lui explique qu'elle ne peut rien lui promettre, mais qu'elle fera tout son possible pour éviter que Crystal s'approche d'un homme. La jeune femme disparaît dans la nuit en laissant les trois frères préparer un nouveau plan.

Les jours passent et Nick commence à trouver le temps long. Un soir, il s'aventure hors de la vue de ses frères et se dirige vers le club où se trouve Crystal. Il se présente sous une fausse identité et entre sans problème. Il faut dire que depuis qu'il est sorti de sa cure de désintox il a complètement changé physiquement. Il a repris de la masse musculaire et n'a plus l'air d'un toxico en manque. Il se met à une table au fond de la salle, plongée dans l'obscurité. Une demi-heure se passe, il n'a toujours pas vu Crystal. Sortis de nulle part, deux hommes s'installent à sa table, le faisant sursauter.

— Ma femme te dirait que même dans le noir, on peut te voir ! Quand elle faisait « ce métier » pour payer ses études, elle m'avait confié qu'elle m'avait remarqué plusieurs fois... même si j'avais essayé de me cacher au maximum, de la scène on voit tout !

Nick regarde James qui vient de finir son discours. Darren rajoute :

— Nous sommes venus pour t'empêcher de faire des bêtises...

— Apparemment, elle ne doit pas être là ce soir... Ou alors elle est avec un homme !

— Ne dis pas ça, d'après Carla, elle n'a pas repris cette activité encore. Kan veut qu'elle fasse une prise de sang pour savoir si elle est clean !

–... Je ne veux pas qu'il... Qu'il... Ho mon dieu ! Pincez-moi...

Nick a les yeux fixés sur la scène. Une femme vient d'apparaître, une jolie brune, elle porte une robe bustier, vert émeraude, fendue jusqu'à sa taille. La robe ne laisse aucun doute sur ses courbes. Tous les hommes sifflent à son passage et certains même effleurent ses chevilles quand elle passe près d'eux sur scène. Au fil de la chanson, le rythme change. Une barre de pôle-danse et une cage descendent alors sur scène. La robe de la jeune fille glisse sur elle, des sous-vêtements plus que sexy dévoilent son corps. Malgré qu'il soit totalement sous le charme, Nick se rend bien compte que le maquillage cache bien les bleus. Une femme s'approche d'eux et se penche à l'oreille de Nick.

— Sublime n'est-ce pas ?

Nick sursaute et croise les yeux de Clara, il lui sourit.

— Oui... Mais le fait que tous ces porcs la regardent comme ça... J'ai envie de...

— Calme-toi, Nick !

Darren le regarde dans les yeux.

— Patience...

Nick regarde de nouveau la scène et voit Crystal danser sur la barre et à la fin de la chanson, elle finit en grand écart. Les lumières s'éteignent. Darren et James ont tout le mal du monde à contrôler Nick lorsqu'il entend une conversation de deux hommes qui raconte ce qu'ils aimeraient faire à la « putain » sur la scène.

— Ils veulent vraiment mourir !

— Calme-toi ou on te sort ! Darren, on y va ! Toi, Nick, il faut que tu disparaisses sinon notre plan va échouer.

Nick sort, furibond, monte dans une voiture et disparaît. James et Darren s'approchent du comptoir et déclarent vouloir parler au patron.

— Bonjour, Messieurs, en quoi puis-je vous aider ? Mais je vous reconnais...

À ses mots, Darren et James retiennent leur respiration. Si Kan les avait reconnus, tout le plan tomberait à l'eau. Kan poursuit.

— Vous êtes déjà venus il y a une semaine il me semble, non ?

Un soulagement intense se fait pour les deux frères.

— C'est exact, nous avions voulu une fille pour... passer la soirée, mais vous nous en avez « passé » une autre.

— Il y a eu un problème avec Clara ?

— Ha non pas du tout, comme vous avez pu le constater avec le montant sur notre chèque, nous avons été plus que satisfaits.

— Je dois reconnaître qu'on ne m'avait jamais versé une telle somme... Bref, que puis-je faire pour vous ce soir ? Vous voulez de nouveau Clara ?

— Oui avec grand plaisir, mais également la brune que nous venons de voir sur scène, c'est elle que nous voulions la dernière fois !

— Je le conçois, mais en ce moment, elle n'est pas... disponible. Je suis vraiment désolé, messieurs... Mais je peux vous trouver une autre fille qui a tout autant de charmes et de...

— Je pense que vous ne nous avez pas compris, nous sommes des gens importants et, à moins que vous vouliez que nous répandions un avis négatif sur votre établissement et les services rendus, vous allez rendre disponible cette jeune fille.

— Messieurs, sachez que...

— J'ai également oublié de vous dire que nous sommes prêts à payer... le double de ce que nous vous avons déjà donné !

Kan se tourne vers ses hommes de main, discute durant cinq minutes avec eux puis se tourne vers James qui reste droit et qui ne se laisse pas déstabiliser.

— C'est d'accord messieurs, je m'en voudrais sincèrement de vous décevoir ! Je vais préparer les deux jeunes filles.

— Parfait, je suis heureux qu'on ait pu trouver un terrain d'entente. Préparez les jeunes filles, une limousine les attendra devant et les accompagnera dans notre hôtel de luxe. Ha oui, si vous pouviez faire en sorte qu'elles soient bien habillées... Ce n'est pas un hôtel qui accepte les clients à l'heure, si vous voyez ce que je veux dire !

— Tout à fait, je vous comprends, elles seront prêtes d'ici une vingtaine de minutes et elles vous rejoindront à l'hôtel.

James tend un chèque à Kan et ce dernier, en voyant les chiffres dessus, a un sourire sur son visage et tend sa main.

— Un plaisir de faire affaire avec vous, Monsieur... Monsieur comment ?

— Je suis Monsieur Drake, Brian Drake. Mon nom est écrit sur le chèque.

— Je suis désolé, je n'avais pas fait attention.

— Je vous en prie. Nous devons partir et j'espère que nous ne serons pas déçus de vos services !

— Non pas du tout ! Bonne soirée et... Bonne nuit.

James et Darren s'en vont sans traîner tandis que Kan se dirige vers la loge des filles. Quand il rentre, il voit Carla et Crystal discuter.

— Vous deux, vous devez bosser cette nuit !

— Certainement pas, je t'ai expliqué que...

Crystal arrête de parler, elle se retrouve plaquée au mur par un des hommes de main de Kan, ce dernier serre sa gorge.

— Ma chère Crystal, ma patience a des limites et tu m'as assez fait perdre d'argent. Je ne vais pas te laisser le choix, soit tu travailles cette nuit ou je te jette en pâture sur la scène au plus offrant, je commence à en avoir marre de tes caprices ! Et puis si tu continues à faire la gueule pendant tes prestations, je pense que je retournerais rendre une petite visite au bar de tes amis ainsi qu'à ton cher Nick. Brad, lâche-la, je crois qu'elle a compris !

Le fameux Brad lâche Crystal et cette dernière se retrouve à terre, Kan s'agenouille près d'elle.

— Tu es née pour faire ça et tu vas le faire un long moment, personne ne viendra te sortir de là. Ni ce père que tu cherches tant ni ce Nick, ni personne. Alors maintenant tu vas bosser, car je ne vais plus être aussi gentil.

Kan fait signe a ses hommes de main de sortir, Crystal se lève et le regarde.

— Je n'ai que vingt ans, mais crois-moi, un jour, tu vas me le payer !

— Oui c'était ton anniversaire hier, tu voulais un petit cadeau ? Je te l'offre ce soir ! Tu vas avoir droit à une nuit dans un hôtel de luxe ! Quant au fait que je vais « le payer », tu peux toujours rêver ma chère !

Il claque la porte et Crystal éclate en sanglots, Clara la relève.

— Viens, on se change et on y va.

— Non, je ne veux pas y aller, je ne veux pas recommencer...

— Fais-moi confiance !

Crystal ne dit rien, elle enfile une robe rouge très échancrée au niveau de la poitrine et également jusqu'à la naissance de ses fesses, sur le côté elle est fendue sur toute la jambe jusqu'à la cuisse. Crystal s'assoit à sa coiffeuse, se maquille et laisse Clara la coiffer. Une fois prêtes, les deux femmes se dirigent vers la sortie. Une limousine les attend. Lorsqu'elle monte dedans, Clara remarque une enveloppe à son nom. Elle la lit discrètement et la cache. Crystal se tourne vers elle.

— Au moins je suis avec toi... Je n'y crois pas, je vais retourner dans ce monde.

Crystal se met à sangloter, mais se calme très vite, elles sont arrivées à l'hôtel. Un homme les aide à descendre et les dirige vers l'accueil. La réceptionniste les regarde.

— Vous devez être Carla et Crystal ?

— Oui.

— Bien, Mademoiselle Carla, vous avez la chambre 92 et Mademoiselle Crystal la 93. Je vous souhaite une bonne nuit.

Les deux jeunes femmes prennent les clés et s'éloignent de la réception, Crystal regarde Carla avec de la peur dans les yeux.

— Je pensais qu'on serait toutes les deux !

— Moi aussi, mais ne t'inquiète pas, ça va aller...

— Oui... comme autrefois...

Crystal se retient de pleurer et monte dans l'ascenseur qui les emmène devant leurs chambres respectives. Les deux jeunes femmes passent leurs clés dans la porte magnétique de l'hôtel et se regardent une dernière fois avant de fermer la porte.

Chapitre 7

Crystal avance dans la pénombre de la chambre, elle cherche des yeux quelqu'un. Elle distingue une silhouette assise sur un fauteuil. C'est un homme en chemise et pantalon de costard, sa cravate est défaite, il tient un verre d'alcool dans ses mains. Elle respire un grand coup, pose son sac sur la petite table et se risque à parler.

— Que voulez-vous ? Qu'aimez-vous ? Je peux... tout faire, mais... pour le baiser c'est sans la langue. C'est la seule condition sinon vous pouvez tout me demander !

L'homme soupire, elle le voit serrer son verre de plus en plus fort puis se détendre, il défait totalement sa cravate et se lève, elle ne voit pas son visage. Il pose son verre et se rapproche d'elle. Elle commence vraiment à paniquer, certes ce n'est pas la première fois, mais elle ne voulait plus... D'instinct, elle tourne le dos à l'homme et commence à glisser la bretelle de sa robe. Mais avant qu'elle ne puisse la faire glisser entièrement, elle sent qu'il la remet en place et un souffle chaud près de son oreille la panique encore plus.

— Pas dans ces conditions-là, « petite souris » !

Ce surnom, cette voix chaude et sensuelle, Crystal les reconnaît bien.

— Ni... Ni... Nick ? C'est bien toi ?

Crystal se tourne et l'embrasse aussitôt, le jeune homme ne peut que répondre au baiser passionné que lui donne la jeune femme. Le temps semble arrêté. Plus rien ne compte autour d'eux, Crystal laisse ses mains se promener sur la chemise de Nick, elle descend jusqu'à trouver la ceinture. Nick l'arrête, la jeune fille bafouille et recule.

— Je suis désolée.

— Je vais être franc avec toi, ça ne m'aurait pas dérangé du tout ! Surtout que...

— Que quoi ?

— Assieds-toi, je dois vraiment te parler.

— De Kan, je suppose, de ton passé ? Ou de la gifle ? Tu ne vas pas me dire que je t'ai fait mal !

— Si plus que tu ne le crois et j'en suis responsable...

Nick prend la main de Crystal et la pose sur son cœur.

— C'est là que j'ai eu mal... Bon maintenant je dois te parler sérieusement et je t'en prie, ne me coupe pas.

— Vas-y, je t'écoute.

— Bon, tout commence lorsque, plus jeune, j'ai voulu faire de la musique contre l'avis de mes parents. À 18 ans je suis parti, j'ai connu une petite gloire, mais... le sexe, la drogue et j'en passe me sont tombés dessus, puis j'ai rencontré Kan, lui avait bien vu que j'étais un camé qui était prêt à tout pour avoir sa dose... Il m'a vu venir, il m'a manipulé et du jour au lendemain je me suis mis à dealer de la drogue pour lui, j'ai laissé la musique de côté... de toute façon avec la drogue, j'avais du mal à chanter. Un jour j'ai compris réellement qui était Kan, surtout quand j'ai vu ce qu'il faisait aux filles qui travaillaient chez lui. J'ai tout vu, les coups, la prostitution, mais... J'avais l'impression d'être contrôlé et de ne pouvoir rien faire, jusqu'à ce fameux soir...

— Fameux soir ?

— Tu m'as dit que tu n'interromprais pas.

— Excuse-moi.

— Oui, un soir, il y a quatre ans, je sortais d'un des clubs de Kan et j'ai vu quatre hommes bourrés monter dans une voiture avec une fille, cette dernière était en pleurs. Tu sais j'étais vraiment camé, mais la voix de cette fille, je la reconnaissais quand même. Elle faisait vibrer toute mon âme. Je venais dans ce club juste pour l'écouter. Je n'avais pas l'habitude de me mêler des affaires de Kan... Mais cette fois-ci, je ne pourrais pas l'expliquer, mon sang n'a fait qu'un tour. Je suis monté sur ma moto et j'ai suivi la voiture, cette dernière s'est arrêtée devant une grande villa et j'ai vu un des hommes traîner la jeune fille derrière lui, on pouvait entendre ses cris de détresse. J'ai lâché ma moto et je suis rentré dans la villa. Les hommes n'ont même pas pris le temps d'emmener la jeune fille dans une chambre que l'un d'eux était déjà nu devant elle et que les deux autres étaient en train de la tenir pendant que le quatrième commençait à la déshabiller. J'ai mis trois hommes K.O et le quatrième a fini au bout de mon couteau. J'ai pris la jeune fille et l'ai fait monter sur ma moto. Nous avons roulé une bonne heure jusqu'à trouver un motel sympa. J'ai pris une chambre et je lui ai offert du réconfort, une douche et je lui ai suggéré une bonne nuit de sommeil, mais...

— Mais la jeune fille était en admiration envers ce « héros » qui venait de la sauver, en plus ce dernier était plus que séduisant. La jeune fille usa de ses charmes et...

— L'homme céda...

— Cette nuit-là fut magnifique, c'était la première fois que j'avais l'impression de ne pas être traitée comme de la viande !

Crystal est en larmes, elle n'arrive plus à se retenir, elle s'écroule sur le lit, Nick s'allonge près d'elle.

— J'étais à cent lieues de penser que j'allais te retrouver quatre ans plus tard...

— Que s'est-il passé ensuite, j'ai cru que... tu avais eu ce que tu voulais et que...

— Et que je t'avais abandonnée... Non ma « petite souris », ce matin-là, à ton réveil, j'étais juste parti chercher à manger... Mais à mon retour tu avais disparu, j'ai eu si mal... Mais ma décision était prise, plus de conneries, plus de drogue, je suis rentré en cure de désintox et ensuite j'ai essayé de reprendre mon métier, mais sans grandes vagues... Et je voulais te retrouver, mais plus le temps passait et plus je perdais espoir.

— À mon réveil, ne te voyant pas, je suis partie... Nick, je t'ai attendu, je voulais tant revoir mon sauveur...

— J'ai eu pas mal de soucis et j'ai reçu des menaces de Kan... Ce dernier a su ce qui s'était passé, car un des gars l'avait averti, donc Kan a mis le soir même ses hommes de main sur le coup et... il a une vidéo de moi faisant l'amour a une mineure de seize ans ! À l'époque j'ignorais ton âge, avec le maquillage je pensais que tu en avais vingt ou plus !

— Tu regrettes ?

— Absolument pas, je te l'ai dit, on a une dizaine d'années d'écart, mais cela fut la plus belle nuit de toute ma vie. Crystal je t'ai attendue, cherchée, car Kan disait tu avais changé de club. Il a menacé de détruire l'empire de ma famille avec cette vidéo...

— Je te comprends, tu ne pouvais pas compromettre ta famille pour une prostituée rencontrée comme ça !

Crystal se lève du lit brusquement et pleine de colère, elle prend son sac et s'approche de la chambre, mais Nick se lève et la rattrape en deux enjambés.

— Tu es injuste et je ne vais pas me laisser faire, je vais peut-être t'étonner, mais j'aurais mis en péril ma propre vie pour toi et pourtant on ne se connaissait pas, tu n'étais qu'une ado de seize ans, mais oui, j'ai réfléchi et trouvé d'autres solutions pour me sortir de là !

Nick la lâche et se dirige vers la grande porte-fenêtre, il met un bras dessus.

— Comme tu le sais, ma famille est très riche, nous avons un immense empire et... beaucoup de gens seraient ravis de voir l'empire des Wingleton s'écrouler, alors oui je n'ai pas pu penser qu'à moi, même si c'est tendu avec mes parents et le plus jeune de mes frères, j'ai dû penser à eux... Déjà, je devais me sortir de la drogue, je n'avais pas les idées claires !

Nick tape sur la fenêtre mais au même moment, il sent une main se poser sur sa taille. Il se tourne et son regard se perd dans les yeux embués de larmes de Crystal.

— Je suis désolée, j'ai agi comme une enfant gâtée. Jamais je n'aurais dû te dire ça, mais... il est vrai que je t'ai tellement attendu que...

Nick s'empare des lèvres de la jeune fille, la passion les embarque tous les deux de nouveau, mais ce coup-ci, Nick ne stoppe pas la main de Crystal, qui commence à défaire sa chemise. Cette dernière le tire avec sa cravate sur le lit. Elle fait en sorte qu'il se retrouve sur elle. Les mains de Nick n'ont aucun mal à trouver la fente de sa robe et à caresser sa cuisse. Il se penche à son oreille.

— J'ai envie de toi, j'en ai envie depuis que je suis sûr que c'était toi, je veux revivre cette expérience unique !

Crystal le fait taire en le basculant sur le lit, elle finit de défaire la chemise de Nick et prend un malin plaisir à caresser avec ses doigts chaque muscle du jeune homme, elle descend vers son jeans et le retire puis enlève son boxer pour découvrir l'érection de Nick. Elle se redresse et laisse tomber sa robe à terre puis d'une démarche sensuelle se rapproche de nouveau de lui. Ce dernier l'attrape par la nuque, un peu brutalement, et se perd dans l'exploration de sa bouche. Crystal en profite pour caresser sa virilité. Un véritable supplice pour lui, il la retourne sur le lit, enlève son string avec les dents et plonge sa langue dans l'intimité de la jeune fille, qui ne peut s'empêcher de hurler son plaisir. Nick se redresse et d'un coup s'insère en elle. Malgré la situation, il veut savourer chaque moment. Crystal se redresse et les deux sont embarqués dans un tourbillon érotique sensuel. C'est elle qui explose de jouissance en premier en ne manquant pas de griffer le dos de Nick au passage. Ce dernier tire les cheveux de la jeune fille et, dans un râle très masculin, éclate sa jouissance en elle.

Crystal s'écroule à côté de lui, Nick vient se placer de nouveau au-dessus d'elle.

— Hummm, aucun doute maintenant !

— Tu en avais encore avant de me faire l'amour ?

— Non, mais là... tu es tellement, waouh, tu es formidable.

— Dis-moi, tu ne m'as pas reconnue tout de suite dans le bar de Kate ?

— Quand je t'ai vue la première fois, j'étais drogué et toi maquillée à outrance donc quand tu es arrivé dans le bar de Kate au naturel, je ne t'ai pas reconnue, enfin pas tout de suite... Car je ne te cache pas qu'un physique comme le tien, il n'y en a pas deux ! Quand je t'ai entendue chanter, j'ai su... je sais que j'aurais dû te le dire plus tôt, mais...

— Moi aussi j'avais des doutes, mais quand on s'est connus la première fois tu étais un drogué et très marqué et surtout moins... viril et costaud ! Là, j'avoue que... humm.

— On se calme, ma belle !

— Nick ? Que va-t-il se passer maintenant ? Je ne peux pas m'échapper comme ça et... je ne veux pas coucher avec d'autres hommes, je veux sortir de ce cauchemar.

— Je te comprends, et crois-moi que personne d'autre ne te touchera, mais... Tu vas devoir y retourner, ne t'inquiète pas nous avons un plan, mais...

— Mais quoi ? Tu me fais peur...

— Tu vas devoir nous aider de l'intérieur...

Crystal se lève du lit et se rhabille, Nick remet son boxer puis s'approche d'elle.

— Que fais-tu ?

— Je repars là-bas si c'est ce que tu veux ! Quand tu voudras de moi, tu sais où me trouver et... Tu pouvais très bien faire passer un message par Clara, pas besoin de me faire sortir de chez moi !

Nick la plaque contre le mur et la tient par les bras.

— Tu as vraiment un sale caractère ! Tu es vraiment... chiante comme femme ! Un sacré bout de femme, mais chiante !

— Merci du compliment, je n'en attendais pas autant venant de toi !

— Écoute-moi avant de monter sur tes grands chevaux ! Oui tu vas devoir y retourner, mais... tu auras une mission dangereuse à faire... Je ne suis pas d'accord, mais mes frères disent que c'est la seule solution... Je dois t'avouer que ça m'agace ! Il faut que tu récupères des infos dans le bureau de ton beau-père, sur les trafics, sur tout ce qu'il fait, qu'on ait un moyen de pression.

— C'est pour cela que tu as voulu que je vienne ce soir ? Pour me dire ça ?

— Oui je t'ai fait venir pour ça et j'avais une folle envie de t'embrasser et... et merde ! Oui j'avais envie de te faire l'amour comme il y a quatre ans, de me sentir de nouveau en toi et si je ne me retenais pas, je te prendrais de suite de nouveau, car... te voir plaquée contre ce mur et à ma merci m'excite énormément ! Voilà, je réponds à ta question ?

Crystal se calme, s'excuse et regarde Nick dans les yeux.

— Moi aussi j'ai aimé te sentir en moi, je me suis sentie revivre, aimée, désirée et... oui si tu avais le temps, j'aimerais que tu me prennes contre ce mur, car je sens toute la force que tu mets dans tes mains pour me tenir et ça m'excite beaucoup !

Nick soutient le regard de Crystal. Il dégage une main et la passe sous la robe de la jeune fille, il peut allégrement sentir l'excitation de cette dernière. Il descend son boxer, relève la jambe de Crystal et s'insère de nouveau en elle, il lui maintient les bras au-dessus de la tête et donne de petits coups de reins de plus en plus rapides jusqu'à ce qu'elle jouisse. Il se répand alors de nouveau en elle. Elle le regarde dans les yeux en passant sa langue sur ses lèvres.

— Toujours pas rassasiée, ma petite souris ?

— Je dois avouer que j'adore et qu'avec toi... j'ai l'impression d'être au nirvana à chaque fois, mais j'ai peur également que ce soit la dernière !

Nick se rhabille et porte la jeune femme jusqu'au divan.

— Il faut arriver à exécuter ce plan et ensuite je te ramène chez moi et crois-moi que je passerai mes journées entières à te faire l'amour !

Crystal enjambe Nick et lui donne un baiser plein de sensualité. Elle arrête brusquement et regarde Nick.

— Nick, je crois que je suis... non rien !

— Dis-moi !

— Non pas maintenant, je t'en prie, j'ai cru être prête, mais...

— OK...

Un bruit à la porte les fait sursauter, Nick enfile son pantalon et sa chemise en quatrième vitesse et Crystal se recoiffe un peu.

— Qui est-ce ?

— Nick ? C'est nous, on peut entrer ?

Nick va ouvrir la porte et deux hommes avec une femme entrent.

— Crystal, je te présente mes frères, Darren et James ! Tu connais déjà Clara !

— Enchantée !

— Nous aussi. Bon tu lui as expliqué tous les détails du plan ?

— Heu... Oui en gros...

— Comment ça en gros ? Tu lui as expliqué les horaires, quand elle devait le faire et tout ?

— Je n'ai pas eu le temps !

— Mais ça fait trois heures que vous êtes là !

Nick se passe la main dans les cheveux et Crystal ne peut s'empêcher de rigoler, cependant, elle décide de venir au secours de Nick.

— Je suis désolée messieurs, mais je n'ai pas laissé le temps à Nick de m'expliquer beaucoup de choses si vous voyez ce que je veux dire.

James et Darren se regardent et sourient en regardant leur frère.

— Oui, on voit très bien !

— Bon, ça va ! Je doute que ça vous intéresse plus que ça !

Nick s'emporte un peu, mais se radoucit quand Crystal s'approche de lui. Darren reprend son sérieux et propose à tout le monde de s'asseoir et explique en détail tout le plan. Au moment de rentrer, Nick prend Crystal à part.

— Promets-moi de ne rien faire qui soit... dangereux ! Je ne pourrais pas supporter qu'il t'arrive du mal...

— Je te promets de ne pas me mettre en danger, de rester prudente, mais fais attention à toi aussi, je ne veux pas qu'il t'arrive quoi que ce soit.

— Mais dis-moi, ma petite souris devient très protectrice avec moi !

Nick rigole, mais les yeux que pose Crystal à ce moment-là sur lui le laissent perplexe. La jeune femme s'approche doucement de son oreille et lui susurre :

— Disons que ça m'embêterait que de beaux morceaux finissent mal, tu imagines si tu n'avais plus les moyens de me faire crier jusqu'au bout de la nuit, on ferait comment !

Nick rougit et ses frères lui demandent si tout va bien.

— Oui, oui... Il faut raccompagner les filles... Heu... Oui ça va !

Darren et James rigolent discrètement, quant à Crystal, fière d'elle, elle attrape le bras de Carla.

— Bon... Nous devons y retourner, nous vous tiendrons informé, on va devoir faire attention à ne pas nous faire prendre.

— Nous vous aiderons de notre mieux depuis l'extérieur !

Darren regarde attentivement Crystal.

— Soyez prudente, honnêtement je m'en voudrais s'il devait vous arriver quelque chose, cela nous embête de vous demander tout cela, mais nous n'avons pas le choix, il faut quelqu'un de l'intérieur.

— Ne vous inquiétez pas, Darren, on fera attention.

— Oui bon c'est bon...

Crystal regarde Nick en plissant les yeux et lui sourit discrètement, le jeune homme se rapproche d'elle.

— Sois prudente !

— Oui et toi... Ne commence pas tes crises de jalousie, surtout envers ton frère ! Tu as vu sa femme, je doute qu'il aille voir ailleurs, elle est magnifique et...

Crystal arrête de parler, Nick s'est emparé de ses lèvres et lui donne un baiser passionné. Il regarde ses frères par la suite.

— Les vôtres aussi c'est que du bla-bla tout le temps ?

Les deux frères se regardent et lui répondent en même temps :

— On ne t'en parle même pas !

— Et encore quand elles sont au téléphone ou ensemble... c'est pire !

Crystal tape l'épaule de Nick.

— Qu'insinues-tu ? Que je parle trop ?

— Non, ma puce... Bon... Tu dois y aller, sois prudente.

Après un dernier baiser, Crystal et Carla partent au petit jour en laissant les trois frères entre eux. Nick s'appuie contre la fenêtre en soupirant. James met sa main sur son épaule.

— Ne t'inquiète pas, tout va bien se passer, je reconnais que c'est risqué, mais...

Darren prend la parole :

— Mais il ne lui arrivera rien, j'ai une équipe avec moi et crois-moi qu'on l'aura toujours à l'œil, on va tout faire pour qu'il ne lui arrive rien, elle sera sous la surveillance de quelqu'un en permanence et puis tu pourras te rendre au bar quelques fois, en totale discrétion évidemment.

— Quand est-ce qu'elle pourra vraiment sortir de là ?

— Je ne peux pas te dire... Te donner une date serait ne pas être franc avec toi... Je préfère rester dans le vague.

— Je comprends...

— On va te laisser te reposer, on a les deux chambres à côté si tu as besoin.

Darren et James s'en vont, au moment où ils ferment la porte, Nick se retourne vers eux.

— Les gars... Je suis vraiment amoureux de cette femme... J'en suis vraiment dingue...

Les deux hommes se regardent et rigolent ensemble.

— C'est vrai ? On ne l'avait pas remarqué ! Elle t'a fait tourner la tête cette petite !

Pour toute réponse, Nick balance un coussin contre la porte qui se referme. Il décide d'aller prendre une douche. Ses mains plaquées sur le carrelage, l'eau qui coule sur sa peau un peu mate et qui dessine chaque muscle de son corps, il laisse ses pensées envahir son esprit. Laisser la femme qu'il aime entre les mains de Kan le rend fou, mais, il n'a pas le choix, il doit laisser le plan se dérouler.

Chapitre 8

De retour à l'appartement, Crystal va prendre sa douche et ne peut s'empêcher de revoir les images de Nick et elle faisant l'amour. Elle passe son doigt sur ses lèvres et ferme les yeux.

— Je me doute que tu penses à plein de belles choses sous la douche, mais peux-tu te dépêcher ?

Crystal sort de la douche et sa copine remarque le rouge sur ses joues.

— À en voir ton visage rayonnant, vous n'avez pas joué au scrabble ?

— Non, nous n'avons pas joué au scrabble ! C'était bien lui...

— L'homme qui t'a sauvée, celui avec qui tu avais couché ?

— Oui c'était bien lui, quand il a commencé à me caresser j'ai été totalement convaincue et quand nous... enfin je ne vais pas te faire un dessin. Il m'a raconté également que cette nuit l'avait vraiment marqué ! Il ignorait mon âge évidemment à cette époque, mais... c'était l'extase.

— Bon, tu me laisses la douche ou tu continues de baver sur le tapis ?

Les deux jeunes femmes explosent de rire.

Deux jours se passent et Crystal n'a aucune nouvelle de Nick ou de ses frères. Elles commencent à paniquer, car le soir même, un client fortuné veut l'avoir. Elle se pose des tas de questions et une des premières c'est de savoir si c'est Nick en infiltration qui sera là ce soir.

Sa prestation commence et Crystal commence son show, tous les hommes la regardent, mais au fond d'elle, elle ne danse que pour un seul. Penser à Nick lui fait oublier les regards pervers des autres. À la fin, son beau-père arrive dans la loge avec un sourire.

— Tu dois bosser, la miss, ce soir, ton client est là ! Donne-toi à fond, je peux te promettre que si tu me poses des soucis, certaines de tes connaissances auront des problèmes !

— Je ne t'ai pas posé de soucis la dernière fois ? Si ?

— Non, le client était aux anges ! Je me demande ce que tu lui as fait, en tout cas il a adoré !

Crystal se prépare et rejoint un homme devant l'entrée, ce dernier la salue, mais ne dit rien d'autre, il la fait monter dans la voiture et l'emmène dans un hôtel luxueux. Une fois dans la chambre, Crystal est en pleurs, mais commence à se déshabiller.

— Ce ne sera pas nécessaire mademoiselle, je m'appelle Greg, je travaille avec Darren.

Crystal se rhabille et regarde partout dans la chambre d'hôtel, l'homme se rapproche d'elle.

— Il n'est pas là, il ne voulait pas prendre de risque, mais... tenez, ce sont des enregistrements audio et des lettres. Je vous laisse en prendre connaissance, si vous avez le moindre souci je suis dans la chambre à côté. Si tout va bien, on repartira vers six heures du matin, profitez bien de la chambre, c'est Nick qui vous l'a choisie et qui a choisi... la salle de bain. Je vous laisse.

— Merci beaucoup.

L'homme s'incline et part de la chambre. Crystal enlève la robe vulgaire qu'elle porte sur elle et enfile le peignoir de l'hôtel. Elle décide d'écouter les messages et autres dans un bain chaud. Quand elle pousse la porte de la salle de bain, un cri s'échappe de sa gorge. Nick lui a préparé une bouteille de champagne et des pétales de roses sont étalés partout sur le sol. Elle se fait couler un bain et s'aperçoit qu'elle dispose de plein de produits à mettre dedans. Elle se glisse et commence à écouter les messages audio de Nick. Ce dernier lui exprime tout ce qu'il ressent pour elle, qu'il n'a aucune honte à le dire, qu'il est amoureux d'elle, qu'il fera tout pour la sortir de là et qu'ils puissent être ensemble. Crystal laisse échapper des larmes et continue en ouvrant les lettres. Il ne s'agit plus de mots d'amour, il s'agit des directives qu'elle doit faire. Il faut qu'elle rentre le lendemain dans le bureau de son beau-père pour photographier et voler des documents audio et visuels.

Une fois la nuit passée, Greg vient frapper à sa porte.

— Je dois vous ramener !

— Bien sûr... merci pour tout ce que vous faites, pouvez-vous donner cette lettre à Nick, s'il vous plaît ?

— Oui je lui donnerai, ne vous inquiétez pas.

Greg ramène Crystal devant le bar et cette dernière rentre à l'appartement, elle raconte tout à Clara.

— Il faut agir aujourd'hui, il faut que tu te sortes d'ici ! Tu ne peux plus rester là !

— J'ai peur, je ne l'ai pas dit à Nick, mais, même si je veux sortir de là, j'ai peur de ce que pourrait me faire Kan s'il s'en aperçoit et surtout... ce qu'il ferait à Nick !

— Je pense que ton prince charmant peut se débrouiller tout seul !

— Bon, tu as raison ! Tu vas m'aider ?

— Bien sûr ! Je vais faire diversion, on va s'en sortir, ne t'inquiète pas.

En fin de journée, les deux femmes arrivent avec un peu d'avance au bar, elles vont dans leurs loges et commencent à se préparer. Kan arrive.

— Mais oui, c'est bien ce que j'ai entendu, vous êtes en avance. Tu as dû aimer hier soir ma chère belle-fille, pour revenir de bonne heure comme ça ! Ne t'inquiète pas, on va te trouver quelqu'un, vu les louanges que les hommes font de toi !

Crystal se doute bien que Greg a dû la mettre en valeur auprès de Kan, comme ont fait Darren et James. Crystal et Clara se regardent et la jeune femme se tourne vers Kan.

— Monsieur ? Cela fait deux jours que je n'ai pas d'extra et j'en ai vraiment besoin.

— Hum, vraiment ? Intéressant ? Crystal, laisse-nous entre adultes s'il te plaît.

Crystal sort de la loge, échappe à la vigilance des gardiens et se glisse dans le bureau de son beau-père. Elle s'y enferme. La jeune femme n'a aucune idée d'où il faut fouiller. Elle commence à ouvrir tous les tiroirs et ne trouve rien de compromettant, elle regarde l'ordinateur, mais il est avec un mot de passe. Elle commence à désespérer lorsqu'elle ouvre un placard et découvre des dossiers avec des tas de noms, dont le sien, elle ouvre et ne prend pas la peine de lire, elle prend son téléphone et prend tout le dossier en photo. Elle voit également une boîte avec le nom de Nick, mais, au moment de l'ouvrir, des pas se font entendre dans le couloir. Elle est fichue, le bureau est au troisième étage et il n'y a pas d'autres issues. Elle tente le tout pour le tout et simule un malaise en s'écroulant sur le sol du bureau. Au préalable elle a caché son téléphone dans un coin du bureau, en l'éteignant. La porte s'ouvre.

— Ouais elle est bonne, elle veut des extras, je vais lui en donner des extras et... mais c'est quoi ce bordel, que fait-elle ici ?

Kan s'approche du corps de sa belle-fille.

— Crystal ? Crystal ?

Crystal fait mine d'ouvrir à peine les yeux en gémissant. Kan lui demande ce qu'elle fait ici.

— Je suis désolée... ta porte était ouverte... un homme m'a suivie, il voulait... moi non, il m'a giflée et m'a laissée là...

— C'est quoi cette histoire ?

Kan regarde partout autour de lui et fronce les sourcils. Il ordonne à ses hommes de fouiller le bar à la recherche du soi-disant homme et indique aux autres d'emmener la jeune femme à son étage. Malgré la peur qui s'installe au fond d'elle, Crystal ne bouge pas et se laisse conduire dans l'appartement de son beau-père, situé au-dessus du bar.

De son côté, Clara a averti les frères Wingleton de la situation. Darren fonce chez Nick. Lorsqu'il raconte tout à son frère, ce dernier s'emporte contre lui.

— Je savais que c'était une connerie de la mêler à tout ça ! Kan est loin d'être un abruti, il se doute bien que son malaise est un mensonge ! Je ne vais pas la laisser seule !

— Nick... tu ne peux pas intervenir !

— Si c'était Hope qui était en danger, tu ferais quoi ? Dois-je te rappeler que lorsque ton ex l'a prise en otage, tu as remué ciel et terre pour la sortir de là ! Non, je ne la laisserai pas, tu comprends, je l'ai dans la peau ! Je l'aime !

En disant ça, Nick tape dans la table de sa salle en manger et s'effondre en larmes. Darren s'approche.

— Je te comprends, crois-moi, je suis le mieux placé... mais je suis également bien placé pour te dire que si tu t'amuses à aller comme ça chez Kan, il va te rire au nez, t'envoyer sur les roses, te menacer ou même pire... Calme-toi, nous allons trouver une solution, va te reposer.

Le soir même, une jeune femme vient rendre visite à Nick, ce dernier coupe du bois et sursaute en la voyant.

— Kate ? Pardon je ne suis pas venu, mais... je n'ai vraiment pas le cœur à chanter.

— Je comprends ne t'inquiète pas, je venais juste voir comment tu allais. Je dois dire que je ne t'ai jamais vu avec un moral aussi bas sauf il y a quatre ans...

— Kate, c'est elle la fille d'il y a quatre ans... Je l'ai perdue une fois et je ne laisserai personne me la prendre à nouveau !

Anaïs rejoint Kate et les deux femmes restent auprès de Nick pour passer la soirée.

Pendant ce temps, Crystal est conduite dans une grande chambre. Une fois que la porte se ferme, elle se relève et arpente la chambre, elle ne doit absolument pas rester ici, elle regarde par la fenêtre et se rend compte qu'elle est au moins au troisième étage, les bruits du bar viennent à ses oreilles. Dans sa tête elle visualise le bar et les loges en bas, les bureaux de Kan et la buanderie au premier étage, la cuisine et la salle à manger au deuxième étage et enfin les chambres au troisième. La porte s'ouvre.

— Tiens, tiens, miss, tu vas beaucoup mieux ! Tu vas pouvoir m'expliquer ce qui t'est arrivé.

— C'est tout simple, quand je t'ai laissé avec Clara, je suis allée dans la salle. Il y avait un client qui voulait aller plus loin, j'ai dit non et il a commencé à me poursuivre, je suis arrivée dans ton bureau, il est rentré j'ai encore dit non, il m'a giflée et je suis tombée !

— Que tu mens très mal, ma chère belle-fille ! Je vais bien découvrir ce que tu me caches, crois-moi ! En attendant, tu vas rester ici ce soir !

— Mais je dois travailler ce soir et... j'ai des extras certainement...

— Si tu veux tant d'extra que ça je peux t'offrir à mes gardes du corps !

Kan sort de la chambre en rigolant et Crystal se recroqueville dans son coin. Elle doit absolument sortir d'ici, car la situation commence sincèrement à lui faire peur. Elle sort de la chambre et voit des gardes un peu partout, l'un deux s'approche d'elle.

— Alors tu t'es perdue ? Kan nous a dit que tu devais rester enfermée dans ta chambre !

— Je voulais juste boire...

— Dépêche-toi ! Je te donne cinq minutes et après je viens te chercher !

Crystal se dirige rapidement vers la cuisine mais en chemin, elle change d'avis et continue sa course folle à l'étage inférieur où se trouvent la buanderie et les bureaux de Kan. Ce dernier est encore ouvert. En une fraction de seconde, elle une idée. Elle attrape une tenue de femme de ménage, l'enfile puis prend un grand sac de linge. Elle fonce dans le bureau de Kan, elle ouvre tous les tiroirs et vide ce qu'il y a dans son sac. Elle fait pareil pour l'armoire, récupère des clés USB et même des DVD qu'elle a trouvés dans le bureau, récupère son téléphone caché et ouvre la fenêtre. Malgré la hauteur elle décide de passer par là. En s'accrochant à la gouttière, elle parvient en bas puis, malgré le poids du sac, elle se met à courir de toutes ses forces, elle ne regarde pas derrière et fonce droit devant.

Pendant ce temps Kan revient chez lui et monte dans la chambre de Crystal. L'homme de main lui précise que la jeune fille est à la cuisine pour boire un verre d'eau.

— Toute seule ? Ça fait longtemps qu'elle est en bas ? Putain !!

Kan court dans les escaliers et appelle Crystal. Évidemment cette dernière ne lui répond pas. Il court dans toute la maison et entre enfin dans son bureau. Il voit ce dernier complètement retourné et beaucoup de papiers en moins. Kan tape sur son bureau, il est très en colère.

— La petite garce ! Retrouvez-la !

L'homme de main en charge de Crystal s'approche de Kan.

— Je suis vraiment désolé monsieur, je pensais que...

L'homme ne dit plus un mot, il vient de prendre une balle dans la tête. Kan pointe son arme vers les autres hommes de main.

— Quelqu'un d'autre veut penser au lieu d'exécuter mes ordres ?

Les hommes de main se dispersent et Kan commence à regarder ce qui a été pris dans son bureau. Il fouille partout et la colère le gagne.

— Je peux te jurer que je vais te retrouver et malgré le physique enchanteur que tu as je vais m'occuper de ton cas et te faire disparaître !!

Beaucoup plus loin, Nick vient de se réveiller en hurlant le prénom de Crystal à travers sa chambre. En sueur, il va à la douche et laisse l'eau froide le rafraîchir. Il s'enroule dans une serviette et va dans son salon se servir un verre d'alcool.

— J'espère que tu vas bien ma « petite souris »...

Au même moment son portable sonne, c'est Darren.

— Nick ?

— Oui que se passe-t-il ? Tu as l'air chamboulé, c'est Hope ?

— Non ma femme va bien je te remercie, c'est Crystal...

— Quoi ? Ne me dis pas que...

— Calme-toi, elle est en vie, mais on ne sait pas du tout où elle est ! Clara m'a raconté qu'elle avait été emmenée dans l'appartement de Kan et qu'elle s'en est enfuie. Clara a également appris qu'avant de partir, Crystal a pillé le bureau de Kan !

— Mais... Ce n'était pas prévu ! Où est-elle maintenant ? S'il la retrouve... Non !

— J'ai mis tous les hommes que j'avais sur le coup... On va la retrouver, tu n'as pas une idée d'où elle est ?

— Non... tu sais, je ne la connais pas depuis longtemps... Elle ne reviendra pas ici, car elle ne voudra pas mettre les filles en danger.

— Ni toi ! J'ai vu comment elle te regardait...

— Je m'en fous de ma vie ! Je veux la retrouver et le plus vite possible, si Kan la retrouve il la tuera !

— À ce point...

— Cet homme est prêt à tout pour garder ses magouilles secrètes, si Crystal a dérobé des papiers compromettants, il la tuera pour qu'elle n'en dévoile pas le contenu, c'est un enfoiré !

— Attends-toi a une visite de sa part, il va penser qu'elle est avec toi !

— Oui, ne t'en fais pas pour moi, essaie de la retrouver !

Nick raccroche et va dans sa chambre préparer un sac et téléphone à Kate pour qu'elle passe chez lui en urgence.

Il prend des affaires de rechange, son portable et d'autres affaires utiles.

— Tu t'en vas ?

Nick sursaute et voit Kate sur le pas de la porte.

— Tu as fait vite !

— J'étais pas loin, je revenais de la ville. Que se passe-t-il ? Tu pars où ?

Nick lui explique tout depuis le début, il ne s'arrête pas de parler pendant plus de vingt minutes. À la fin, Kate se laisse tomber sur le canapé.

— Ha ouais... cette histoire est dingue quand même !

— Je ne peux pas la laisser !

— OK, mais pourquoi as-tu voulu que je vienne ?

— Il faut que tu me gardes Black, emmène-le avec toi au bar, il vous protégera !

Kate embarque Black dans sa voiture et recommande à Nick d'être prudent et de revenir très vite.

— Oui, je reviendrai, et avec elle !

Chapitre 9

Crystal avait couru sans relâche et avait fait du stop grâce à plusieurs voitures pour se retrouver perdue en pleine campagne, des champs partout autour d'elle. Elle s'effondre par terre et pleure. Elle n'entend pas la voiture qui s'arrête près d'elle et les portières qui s'ouvrent.

— Mademoiselle ? Mademoiselle ?

— Je... je...

Crystal s'évanouit. À son réveil, elle constate qu'elle se trouve dans une chambre modeste, visiblement à la campagne ; elle se lève doucement et voit par la fenêtre qu'elle se trouve dans une ferme. Elle sort de la chambre et descend dans la cuisine, elle découvre un couple de personnes âgé.

— Mademoiselle. Vous vous sentez mieux ?

— Où suis-je ?

— Chez nous, on vous a trouvée sur le bord de la route, pas en grande forme et...

— J'avais un sac avec moi ! Vous l'avez mis où ?

— Heu... dans la chambre où vous étiez... Désolé, on ne voulait pas vous effrayer ou vous embêter...

— Non... je suis désolée, c'est moi... Je vais devoir m'en aller et...

— Il va faire nuit, mademoiselle, et vous êtes à Lanark... C'est une ville fantôme... Il n'y a rien aux alentours, vraiment rien...

Crystal se met à pleurer d'un coup, la vieille dame s'approche d'elle et l'aide à s'asseoir.

— Je ne sais pas d'où vous venez, mais à voir vos vêtements je dirais de la ville. Vous êtes femme de ménage ?

— Je me suis enfuie...

Crystal se met à raconter toute son histoire à ces parfaits inconnus. Le vieil homme se lève et va se faire chauffer de l'eau. Crystal s'excuse pour tout et leur dit qu'elle ne veut pas leur causer de problèmes, qu'elle doit partir.

— Restez ici le temps que vous voulez, personne ne viendra vous chercher ici et si c'est le cas, j'ai été un très bon chasseur autrefois !

Crystal ne peut s'empêcher de rigoler, elle les remercie et accepte leur offre, mais uniquement pour quelques jours.

— Le temps que vous voulez ! En attendant si vous voulez vous changer, vous trouverez des affaires dans votre chambre. Alors certes c'est un peu démodé, car c'était à moi quand j'étais plus jeune, mais je pense que ce sera mieux que votre tenue.

Crystal remercie la vieille dame et demande également si elle peut se servir de la douche.

— Faites, mademoiselle.

— Appelez-moi Crystal.

— Dans ce cas, moi je m'appelle Coline et mon mari c'est Pierre.

Crystal monte et laisse le vieux couple à leur thé. Ils se regardent.

— Tu crois que c'est elle ?

— Tu as vu ses yeux ! Je ne sais pas si c'est elle, mais c'est très troublant...

— C'est sûr, même son visage lui ressemble comme deux gouttes d'eau ! Ce serait vraiment une chose incroyable, impensable !

— Je ne veux pas la brusquer, elle vit déjà un calvaire à cause de ce fameux Kan, je ne veux pas la perturber davantage. Il faut essayer d'en apprendre davantage sur elle !

Crystal sort de la douche et s'habille avec un jeans et un t-shirt sans manche. Elle se pose sur le lit et commence à écrire une lettre :

« *Nick,*

Ne cherche pas à me retrouver, à me chercher, j'ai quitté le pays, je ne pouvais plus rester dans cette ambiance, je ne pouvais plus supporter ce que Kan me faisait endurer. C'était sympa ce moment avec toi, mais je m'aperçois que c'était purement physique et mes sentiments n'étaient pas profonds. Je suis loin de toi et je ne ressens rien, pas de manque, pas de douleur. Je pensais t'aimer, mais, ce n'est pas le cas, oublie-moi ! En plus j'ai trouvé quelqu'un donc je ne veux pas d'histoire, vis ta vie ! Bye.

Crystal »

Les larmes de Crystal coulent tout le long de sa rédaction, elle le sait au fond d'elle-même que ce n'est pas vrai, elle est éperdument amoureuse de Nick, mais elle ne veut pas qu'il lui arrive quoi que ce soit, il faut absolument qu'elle l'éloigne d'elle. Elle met la lettre dans une enveloppe et le tout dans une grande enveloppe à l'adresse des parents de Nick. Elle ne doit pas l'envoyer directement chez lui, car sinon Kan pourrait remonter à elle. Là, elle sait que les parents de Nick ne lui donneront que l'enveloppe qui le concerne.

Elle descend et s'assoit sur les marches de la terrasse de la maison, il fait nuit et pour la première fois depuis longtemps, elle contemple les étoiles. Pas de bruit, pas de pollution, pas de cris, pas d'hommes qui l'insultent, rien qu'elle et les étoiles.

— C'est beau ?

Crystal sursaute et se retourne. Pierre lui tend une tasse.

— C'est un bon chocolat chaud !

— Merci beaucoup. Oui, c'est magnifique, ça fait longtemps que je n'ai pas admiré les étoiles...

— Surtout en pleine ville, pas facile ! Ça vous dérange si je joue de la guitare ? J'aime bien le soir...

— Ha non pas du tout !

Le vieil homme part sur une musique un peu espagnole et Crystal ne peut s'empêcher de chanter. Les minutes défilent et Coline se rapproche d'eux avec une larme au coin de l'œil. La jeune fille s'en aperçoit et arrête de chanter.

— Tout va bien, Coline ?

— Oui ma petite, ne t'inquiète pas. Ta voix est vraiment sublime.

— Je vous remercie beaucoup... Excusez-moi, mais je dois aller me coucher.

— Oui, vas-y. Demain matin nous risquons de ne pas être là, c'est le jour où nous faisons les courses en ville, mais tu as tout ce qu'il te faut dans la maison.

— Pouvez-vous poster un courrier pour moi et m'acheter un téléphone ? Je vous dépose le courrier et l'argent sur la table.

— Pas de soucis, passe une bonne nuit.

Crystal souhaite une bonne nuit au couple et les laisse seuls. Le mari se lève et se rapproche de sa femme.

— Cette voix...

— Oui, j'ai de moins en moins de doutes ! C'est la même voix...

Le lendemain Crystal se réveille et regarde son portable : dix heures et demie. Elle s'empresse de se lever, ça fait longtemps qu'elle n'avait pas aussi bien dormi. Elle récupère tout ce qu'elle veut sur son téléphone et l'éteint définitivement. Lorsqu'elle descend, elle voit que le couple n'est toujours pas rentré, elle se dépêche de déjeuner et de ranger la maison. Elle s'autorise même à aller nourrir les poules. Elle décide de commencer à fouiller ce qu'elle a récupéré dans le bureau de Kan. Ce qu'elle découvre lui fait froid dans le dos. Des dossiers sur plein de personnes, des infos, des enquêtes sur des choses compromettantes. Crystal s'aperçoit qu'il s'agit de gens célèbres, des politiciens ou des gens de grandes familles comme Nick. D'ailleurs elle tombe sur son dossier mais lorsqu'elle se décide à l'ouvrir, elle entend la camionnette du couple revenir. Elle ferme et descend à leur rencontre pour les aider.

— Bonjour, je vais vous aider.

— Je te remercie c'est très gentil, nous avons posté ton courrier et nous t'avons acheté un téléphone... j'espère que ça ira, car on a demandé à une vendeuse, on n'y connaît pas grand-chose.

— Pas de problème, ne vous inquiétez pas !

Crystal aide le couple et ce dernier remarque que la maison est très propre.

— Vous n'étiez pas obligée...

— Je sais, Pierre, mais c'est la moindre des choses que je puisse faire après ce que vous faites pour moi...

Crystal prend le téléphone et repart dans sa chambre. Elle l'allume et y entre ce qu'elle avait sauvegardé dont une photo de Nick. Elle se décide également à ouvrir le dossier et là elle apprend tout sur lui depuis le début. Comment

Kan l'a attrapé dans ses filets, la façon dont Nick est devenu son dealer. Elle trouve également un DVD au nom de Nick. Crystal fronce les sourcils et l'insère dans son ordi portable ; elle découvre avec stupeur la nuit où Kan l'avait offerte à quatre hommes et également le moment où Nick intervient et la sort de là. Mais pas que, elle voit aussi que leur instant intime a été filmé en entier. Elle a le moyen de protéger Nick avec ce DVD en sa possession.

— Je ne le laisserai pas le détruire même si c'est la dernière chose que je dois faire ! Il ne lui pourrira pas la vie. En attendant je vais me faire oublier et faire des recherches sur mon père, lui pourra peut-être m'aider !

Elle sort de sa chambre et rejoint le couple dans la ferme.

— Vous avez besoin d'aide ?

— Non, merci, en plus tu t'es déjà occupé des poules, c'est vraiment très gentil !

— C'est la moindre des choses, vous m'accueillez ici et m'offrez l'hospitalité ! Dans ce cas, je vais m'occuper du repas !

— Tu n'es pas obligée et...

— Oui, mais j'en ai envie !

Les jours passent et Crystal met tout en œuvre pour trouver des infos sur son père. Elle cherche dans les affaires qu'elle a prises chez Kan, mais également auprès des services adéquats. Elle a l'impression de ne rien trouver. Elle se demande également ce qu'elle va faire quand Coline et Pierre voudront qu'elle parte. La jeune fille est totalement perdue, elle doit vraiment se ressaisir.

— Je suis désolée de te déranger dans tes pensées, mais je voulais savoir si tu pouvais venir voir Pierre s'il te plaît.

— Bien sûr, j'arrive de suite.

Crystal descend les escaliers et voit Pierre discuter avec un autre homme. La jeune fille est sur la défensive et fronce les sourcils. L'homme la remarque.

— Viens, Crystal, je veux te présenter notre fils, Coll.

Le fameux Coll se rapproche de Crystal et lui tend la main.

— Mon père m'a dit que vous étiez une chanteuse hors pair ?

La jeune femme lui tend la main et lui serre.

— N'exagérons rien ! Je chante, c'est tout !

— Notre fils est en route pour aller voir notre petit-fils vers El Paso, il va rester ici deux jours, ça ne te dérange pas ?

— Vous êtes chez vous ! Bien sûr que non ça ne me dérange pas.

Crystal apprend à faire connaissance avec Coll et ils s'aperçoivent qu'ils ont énormément de points communs.

— Ma mère m'a dit qu'elle vous avait recueillie, car vous vous étiez perdue.

— C'est tout ce qu'elle vous a raconté ? Vous vous doutez bien que ce n'est pas que pour ça.

— Oui, mais je ne vais pas vous obliger à me le dire et...

— Je me suis enfuie d'un bar où j'étais prostituée !

Coll, qui était en train de boire, avale de travers. Il plonge son regard dans celui de Crystal.

— C'est une blague ? Vous devez avoir à peine 18-19 ans...

— J'ai 20 ans depuis quelques jours, et ne me vouvoyez pas. Oui j'ai été la prostituée de mon beau-père jusqu'à présent, mais c'est fini ! Plus jamais !

— Tu sais... J'ai perdu une fille il y a quelques années... elle aurait eu à peu près ton âge aujourd'hui et je n'aurais pas supporté qu'une ordure comme ton beau-père lui fasse ça !

— Eh oui, il n'y a pas que des gens bien !

À ce moment Pierre et Coline sortent et tendent une guitare à Coll.

— Un petit air de musique nous changerait les idées.

Coll attrape la guitare et commence à jouer et à fredonner, Crystal est entraînée et chante également. Dans le regard du vieux couple, on peut lire énormément de tendresse et des larmes apparaissent. Une fois la chanson finie, la jeune fille s'approche de Coline et lui demande si tout va bien.

— Oui, mon enfant, ne t'inquiète pas, juste l'émotion qui me submerge. Je vais aller me coucher, bonne nuit tout le monde.

La vieille femme part se coucher, suivie par son mari. Crystal interroge Coll du regard.

— Ma mère n'est plus toute jeune et ça faisait longtemps que je n'avais pas joué auprès d'eux.

— En tout cas vous jouez vraiment bien et... Vous avez une voix atypique, vous allez me trouver folle, mais... j'ai l'impression de l'avoir déjà entendue. Bref, laissez tomber !

— J'ai fait de petits concerts autrefois, peut-être étiez-vous là ?

— Un concert ? Ça ne risque pas, ma mère a toujours détesté la musique, un métier pour les « ratés », disait-elle...

— Hé bien j'en ai vécu durant pas mal d'années, figure-toi, et je ne suis pas à plaindre !

— C'est vraiment super ! Je ne rêve pas d'une grande carrière, mais... travailler dans un bar ou autre comme j'ai fait durant un mois... c'était super, je chantais et... je me sentais vivante.

— Comme je te comprends, la musique est une évasion pour moi également ! Un moment unique où l'on peut partir dans un autre monde.

— Tout à fait ça ! Bon, je vous laisse, je vais me coucher.

— Bonne nuit, Crystal.

Chapitre 10

— C'est impossible ! Jamais elle ne m'aurait fait ça ! Je l'ai aidée, je lui ai fait confiance, je suis tombé amoureux putain ! Une de plus qui me trahit, elle voulait juste que je la sorte des pattes de Kan et c'est tout !

Dans la maison des Wingleton, Nick est en train d'exploser dans le salon de ses parents. James et Darren essaient de s'approcher de lui, mais c'est peine perdue, il ne veut rien entendre.

— Nick... c'est peut-être un piège de Kan.

— Non, c'est bien son écriture à elle ! Les mots qu'elle emploie lui ressemblent et... pourquoi elle m'a fait ça !

La mère de Nick se rapproche de lui et se met à lui parler calmement.

— Si elle l'a fait, c'est qu'elle avait une raison, mon garçon, essaie de lire entre les lignes et tu verras que cette jeune fille est amoureuse de toi !

— Amoureuse ? J'espère que c'est de l'ironie, mère ? Je vous lis : « Je pensais t'aimer, mais, ce n'est pas le cas, oublie-moi », je pense qu'elle ne peut pas être plus claire !

— Cette jeune fille a peur ; elle est terrifiée !

— Mère a raison...

— Vous en savez quoi de la peur, vous savez ce que c'est qu'être dans une ruelle sombre, tout seul, vous savez ce que c'est que ne pouvoir compter sur personne, vous...

— Je pense que ta mère le sait très bien mon garçon ! Dois-je te rappeler d'où elle vient ? Ce qu'elle a vécu ? Tu as voulu ce qui t'est arrivé !

— Tiens, tiens père, jamais loin ! Vous avez peur que je fasse scandale ?

— Tu l'as déjà fait le scandale, il y a longtemps !

James et Darren s'interposent entre leur père et leur frère.

— Nous ne sommes pas là pour nous disputer ! Cela suffit !

— Oui tu as raison, j'aurais dû prendre mon courrier et me barrer !

En disant ça, le jeune homme passe la porte et s'en va en direction des écuries. James et Darren regardent leur père.

— Quoi ? J'aurais dû faire quoi ? Le laisser insulter votre mère ?

Darren allait répondre, mais c'est leur mère, Virginie qui prend le relais.

— Écoute-moi bien, certes il est revenu pour le courrier de cette jeune fille, mais il est là ! Je ne vais pas te laisser gâcher ce moment ! Il est là, ne le critique pas, on a tous fait des erreurs dans la vie et lui aussi, mais... c'est mon fils !

— Mon Amour... excuse-moi. Je vais aller lui parler.

— Il est parti vers les écuries, laisse-le tranquille je pense qu'il va trouver quelqu'un pour parler.

Nick se retrouve dans les écuries et caresse les chevaux les uns après les autres. Il en voit un préparé et ni une ni deux il monte et galope à travers la propriété. Au bout de vingt minutes, il est face à une petite cabane. Il s'en approche et descend de cheval. Il ne peut s'empêcher de passer la porte. Dedans, il y a un petit salon avec une mini cuisine. La décoration est très simple. Le jeune homme s'approche des photos accrochées aux murs avec un petit sourire.

— C'était le bon vieux temps... Nick.

Ce dernier sursaute et se retourne, sur le pas de la porte se tient un jeune homme. Ils se ressemblent beaucoup et dans les yeux du plus jeune on peut lire plusieurs sentiments, de la joie, mais également de la colère. Nick s'avance.

— Da... David !

— Oui, c'est moi ! L'alarme de la cabane s'est déclenchée sur mon portable et comme je n'étais pas loin je me suis dit que j'allais venir voir ce que c'était... Je ne m'imaginais pas te trouver ici ! Tu as besoin de quelque chose ? Pour être revenu, c'est que tu as besoin d'un truc !

— David, je sais que mon départ t'a profondément blessé, mais...

— Blessé ? Je me suis retrouvé anéanti ! On avait un lien tous les deux, j'aime Darren et James, mais avec toi ce n'était pas pareil ! Tu m'as appris à faire les quatre cents coups, à ne pas respecter le règlement, à m'amuser, à m'éloigner du protocole strict de nos parents et toi... tu m'as abandonné !

— Je suis vraiment désolé, ce n'est pas ce que j'ai voulu, je te le jure ! La vie a fait que...

— Arrête ! C'est toi qui as voulu partir, c'est toi qui as voulu te droguer et dealer. Personne ne t'a mis la pression !

— Père ne voulait pas que je me lance dans la musique ! Ce n'était pas digne de la famille des Wingleton ! Que devais-je faire ? Tu me le dis ? J'aurais dû rester là et faire comme toi, m'occuper du haras familial ?

— Et alors ? J'aime mon métier et il me rapporte bien !

— Oui et comme tu dis, tu aimes ton métier, mais moi je n'en voulais pas, je ne voulais pas faire partie de cette aventure ! Évidemment, je ne voulais pas devenir prof de fac ou agent de sécurité renommé. Je voulais juste faire de la musique et ça, ça n'a pas plu !

— Donc tu t'es enfui sans penser aux conséquences !

— Si, j'y ai pensé aux conséquences, crois-moi ! Et j'y pense chaque jour… depuis que je suis sorti de ma cure, que j'ai réalisé tout ce que j'avais perdu et toi entre autres…

D'un coup la porte s'ouvre avec fracas sur les deux autres frères. Ces derniers sont très essoufflés, ils ont mouillé leur chemise en courant. Nick et David les regardent et rigolent.

— Alors les gentlemans ? Je doute qu'Hope et Nina soient autant à vos pieds si elles vous voyaient dans cet état-là ! Mais au moins on peut dire que vous avez usé de tous les moyens pour nous retrouver !

— Tu sais avec mon métier, je fais beaucoup de sport et Hope ne s'en plaint pas !

— On n'en doute pas !

— Quant à ma femme, Nina, ne t'inquiète pas, elle est loin d'être à mes pieds et depuis qu'elle est enceinte… c'est pire ! Déjà que de base, c'est une femme avec du caractère, là c'est incroyable !

— Les hormones !

Les quatre frères rigolent et s'installent sur le canapé. David regarde James et Darren.

— Comment connaissez-vous cet endroit ? Normalement c'était un secret entre Nick et moi !

— Pfff ! Vous croyez sincèrement qu'on ne le connaissait pas, votre secret ! On vous a suivis plus d'une fois !

James se lève et se passe la main dans les cheveux.

— Nick, il faut qu'on parle sérieusement de…

— Je ne veux plus entendre son prénom ! Plus jamais !

— Arrête, tu ne vas pas me faire croire que tu ne ressens plus rien pour elle, c'est grâce à elle que tu as décroché il y a quatre ans, c'est grâce à elle que tu es revenu parmi nous, c'est grâce à elle que…

— Oui je le sais ! Elle me rend dingue, je suis raide de cette fille, mais c'est fini, tu comprends !

— Qu'est-ce que c'est que cette histoire ?

David intervient, car il ne comprend rien du tout de ce qui se passe autour de lui. Darren décide de prendre les choses en main, après l'accord tacite de Nick.

— Je vais te la faire courte, il y a quatre ans, alors que Nick était dans le milieu de la drogue, il a empêché une jeune fille de se faire abuser, ils ont eu une relation intime à la suite de cette soirée. Bref, de là, il a décidé de faire une cure de désintoxication et de se reprendre en main. Son ancien dealer l'a quand même prévenu en lui disant qu'il avait couché avec une mineure de seize ans. À la suite de ça, Nick a rencontré d'autres personnes et fait sa vie, mais, il y a deux mois il a rencontré Crystal et il s'est rendu compte que c'était elle ! La belle-fille de son ancien dealer, celle avec qui il avait couché, celle de qui il était tombé amoureux. Depuis on a essayé de la sortir du bar de son beau-père où elle est exploitée sexuellement. Et a priori elle s'est échappée et a envoyé une lettre à Nick en lui disant que c'était fini, qu'elle ne l'avait jamais aimé, que ce n'était que physique ! Voilà où nous en sommes !

— Et elle ? Crystal ?

— Quoi « Crystal » ?

— Que ressent-elle pour toi ?

— Elle ne veut plus me voir et…

— Arrête ! Que ressent-elle pour toi ?

Nick ne répond pas, James prend le relais.

— Ce n'est pas compliqué, tu le vois dans ses yeux, elle ne le mange pas, elle le dévore !

— Oui donc sa lettre c'est du bluff ! Ne cherche pas ! Elle ment !

— Mais pourquoi vous dites ça ? Qu'est-ce que vous en savez ?

— Nick, cela fait longtemps qu'on ne s'est pas vus, mais je te connais bien, donc déjà même si tu dis ne plus l'aimer, ce n'est pas vrai ! Quant à elle, je pense qu'elle veut juste te protéger de son beau-père !

— Mais je sais me défendre !

— OUI, mais elle t'aime ! Imbécile !

Nick ne sait plus quoi dire face à son frère David. Il passe sa main sur sa figure et s'approche de la fenêtre, puis tape dessus.

— Alors elle est où bordel ! Je ne vais pas laisser l'autre porc poser la main dessus, il en est hors de question !

— Calme-toi, on va chercher !

— Je vais aller le voir, l'autre, ça va être vite réglé !

— Ha non, tu ne fais pas de conneries ! Certainement pas !

— Mais...

— Il n'y a pas de mais qui tienne, tu ne t'approches pas de Kan ! On va s'occuper de Crystal, savoir où elle se trouve, toi tu rentres chez toi ou tu restes ici, mais tu es sage !

— Même pas un petit coup de poing ?

— NON !

James et Darren s'en vont en laissant David et Nick éclater de rire. Ce dernier se pose à côté de son frère.

— Je sais que tu m'en veux et que tu as raison, mais je suis sincèrement désolé de t'avoir laissé...

— Allez on n'en parle plus. Bon cette jeune fille t'a vraiment fait tourner la tête apparemment ? Je pensais qu'on avait tous passé un pacte, plus de femme !

— Oui, mais elle... c'est un sacré bout de femme !

— À voir la façon dont tu te bats pour elle, je n'en doute absolument pas ! Bon j'espère voir un jour celle qui te rend tout doux comme un agneau ! Adieu le « bad boy » et bonjour le « petit agneau » !

— Hé ! Ça ne va pas la tête ! Aucune femme ne me rendra docile !

— Hum, on verra bien ! Bon tu viens avec moi t'occuper des chevaux ?

— C'est parti !

Nick et David vont aux écuries et s'occupent des chevaux toute la journée.

— Tu n'as pas perdu la main, frangin !

— Qu'est-ce que tu crois ! Bon je vais faire un tour, tu vas dire à mère que je serai de retour pour le dîner.

— Pas de conneries !

— Tu me connais !

— Justement, je n'aimerais pas qu'il t'arrive un truc !

— Ho, mais c'est qu'il prend soin de son grand frère !

— Mouais, bref, fais gaffe ! Et garde ton nom de famille pour toi sinon tu vas avoir droit à des groupies partout autour de toi ! Le seul murmure de notre nom de famille et elles rappliquent comme des mouches !

— Elles peuvent faire ce qu'elles veulent, je n'en ai rien à faire !

— Oui, seule une compte !

— Tu as tout compris.

Nick fait un check à son frère et monte sur sa moto pour traverser tout le village et s'arrêter près d'un bar. Lorsqu'il descend, il se fait accoster par une sublime blonde.

— Dis-moi, tu t'es perdu ? Tu as peut-être besoin d'un guide.

— Non, seulement d'un verre, bonne journée !

Il rentre dans le bar, enlève son blouson et dévoile une chemise à manches courtes qui ne laisse aucun doute sur sa musculature. Il commande à boire et ses pensées vont directement vers Crystal. Il veut savoir où elle est, ce qu'elle fait.

— Alors beau gosse, on pense à quoi ? Je te l'ai dit, si tu as besoin d'un guide, je serais la tienne.

— J'ai juste besoin qu'on me foute la paix !

— Allons je peux te la faire oublier, je suis sûre qu'il doit y avoir une nana là-dessous, crois-moi qu'une nuit avec moi et tu l'oublieras !

Nick finit son verre, dépose un billet sur le comptoir, remet son blouson, attrape son casque et regarde la blonde, qui commence déjà à se trémousser.

— Écoute-moi bien, aucune femme ne lui arrive à la cheville, tu n'as même pas idée du bonheur qu'elle me procure ni même de sa beauté. Laisse tomber, tu te fais du mal pour rien !

La jeune femme commence à être hors d'elle.

— Pour qui te prends-tu ? J'ai juste voulu être gentille, tu me faisais pitié ! Des mecs comme toi, il y en a cent autour de moi et ils sont tous à mes pieds !

— Oui, mais moi, je suis un Wingleton et je ne suis pas à tes pieds !

Nick rentre chez ses parents pour le dîner et se retrouve de nouveau face à son père. Il reprend son casque et s'apprête à partir lorsqu'une voix se fait entendre.

— Reste mon fils, j'ai à te parler.

— À me parler ou à me sermonner, me balancer des reproches, je vous préviens je ne suis vraiment pas d'humeur à supporter vos sarcasmes !

— Oui, je me doute, tes frères et ta mère m'ont parlé de la fameuse Crystal.

— Et ? Elle ne convient pas à la famille Wingleton, peut-être ? C'est sûr qu'elle ne rentre pas dans les cases de la famille, elle ne vient pas d'un monde de bourge et...

— Nick ! Calme-toi, Père essaie juste de te parler calmement ! Je pense qu'en ce qui concerne nos choix de femmes, il n'a jamais rien dit ! La preuve, la mienne est beaucoup plus jeune que moi, c'était une danseuse dans un bar de strip-tease et je te rappelle le travail de maman avant qu'elle ne le rencontre ? Je comprends ta haine Nick, mais tu ne peux pas lui reprocher cela, il a toujours était très tolérant !

James s'était interposé entre Nick et son père. Ce dernier met ses mains dans le dos et s'approche d'une grande porte-fenêtre.

— Tu sais, Nick, oui, je t'en ai voulu, énormément, mais tu restes mon fils et jamais je ne t'abandonnerai ! Quant à ta compagne, elle ne me dérange pas du tout. Je pense que vous n'avez jamais dû vous battre contre moi pour imposer vos petites amies à la famille !

La mère des garçons s'approche de son mari et lui passe une main dans le dos.

— Mon amour... tu es sûr que...

— Oui, il est temps qu'ils sachent !

Le père se tourne vers les quatre garçons et leur demande de s'asseoir, seul Nick reste debout.

— Quand j'ai rencontré votre mère, ce fut immédiatement le coup de foudre. Votre grand-père m'avait présenté plein de femmes, mais votre mère m'a envoûté directement. Quand je l'ai ramenée à la maison, mon père m'a promis de me déshériter si je ne la quittais pas ; qu'une prostituée n'avait rien à faire dans la famille des Wingleton ! Parlons-en de cette famille des Wingleton, tous des fourbes, des hypocrites, et la liste est très longue croyez-moi !

— Pourtant ce n'est pas ce que nous vivons actuellement !

— Oui, David, c'est parce que cela fait longtemps que j'ai modernisé l'esprit de la famille et cela n'a pas été simple, ce n'est que sur son lit de mort que mon père m'a dit qu'il était fier de ce que j'avais fait, mais il ne s'est jamais excusé !

— Certains hommes sont trop fiers pour s'avouer leurs erreurs !

— Je crois que tu dis cela pour moi, Nick… Je t'ai blessé durant ta jeunesse et j'en suis désolé, j'ai eu une enfance difficile, certes ce n'est pas une raison, mais je ne voulais pas que tu reproduises mes erreurs… Sache que je ne t'ai jamais abandonné et que jamais je ne le ferai !

— Pourtant quand je suis parti vous n'étiez plus là ; la cure de désintox vous n'étiez pas là, pour me reconstruire vous étiez absent, alors que votre passé n'a pas été facile je peux le comprendre tout à fait, je l'ai vécu également !

Nick pensait que son père allait rétorquer, mais c'est sa mère qui pointe du doigt son fils.

— Je t'interdis de dire ça ! Si tu as été accepté dans ce centre de désintox, c'est que ton père y a mis le prix, si tu as eu une chambre seule, c'est que ton père l'a demandé, quand tu as été dans la rue il a engagé je ne sais combien de gardes du corps pour éviter de te faire tuer ! Quant à ton petit chalet, tu n'as pas remarqué que tu l'as eu à un bon prix ? C'est parce qu'une fois de plus ton père était là ! Je peux tout accepter, Nick, mais que tu dénigres ton père ou que tu rejettes quelques fautes sur lui, je ne le tolère pas ! Que tu le veuilles ou non, tu es un Wingleton, ce nom te poursuivra toute ta vie et grâce à ce nom-là tu es toujours en vie !

Nick voit des larmes sur la joue de sa mère, il part en courant dans les escaliers à l'étage. James veut le rejoindre, mais son père lui fait signe de rester.

— Laisse-moi faire.

— Père, Nick est très dur, vous savez et...

— Il reste mon fils ! Crois-moi que je le connais mieux que n'importe qui.

Le père monte et ne cherche pas Nick bien loin, il ouvre la porte de la bibliothèque où se trouvent des instruments de musique et un micro.

— Vous n'avez rien touché ?

— Je l'ai interdit ! Nick... je ne ferais pas la même erreur que mon père, j'ai quatre garçons et je ne veux en perdre aucun !

— C'est vrai ce que mère a dit ?

— À propos de l'aide que je t'ai apportée ? Oui c'est vrai, je voulais que tu apprennes de tes erreurs, mais je ne voulais pas te voir en danger ! Nick, je t'aime.

— Père...

— Je ne te demande pas de me répondre, mais sache que je suis là et que si tu as besoin de quoi que ce soit pour retrouver ta bien-aimée... J'ai le bras assez long !

— Merci, père.

Chapitre 11

Cela fait deux semaines que Nick avait reçu la lettre de Crystal et cette dernière est toujours chez Coline et Pierre.

Un matin, alors qu'elle est seule, la sonnette de la maison retentit. Pensant qu'il s'agit de Coll, la jeune fille dévale les escaliers et ouvre la porte.

— Coll, vous n'aviez pas prévenu et… Darren ? Mais que faites-vous là ? Comment m'avez-vous retrouvée ?

— Assez facilement, mademoiselle, la prochaine fois que vous essayez de passer inaperçue, ne postez pas la lettre dans le même village où vous résidez !

— Où est Nick ? Il va bien ? Il a des problèmes ?

— Puis-je entrer ? Je ne veux pas qu'on me surprenne à votre porte, même si j'ai essayé de prendre des précautions… je ne veux pas qu'on me découvre avec vous ! Je répondrai à tout une fois à l'intérieur.

Crystal laisse Darren rentrer et lui propose un café. Elle repose des questions sur Nick.

— Je vais être franc avec vous, on ne sait pas où il est, même si j'ai une petite idée.

— Ne me dites pas qu'il est allé voir Kan.

— J'ai envoyé des hommes là-bas vérifier, mais cela ne vous concerne pas vu que ce n'était que physique entre vous !

Darren esquisse un petit sourire. Crystal se lève immédiatement de la table et se dirige vers la fenêtre. Elle sent une main se poser sur son épaule.

— Je me doutais bien que c'était pour le protéger. Je vais te tutoyer, ce sera plus simple. Crois-moi, il n'est pas aussi fragile que ça !

— Vous avez une femme ? Elle n'a jamais rien fait pour vous, elle n'a pas voulu risquer sa vie pour vous ?

— Bien plus que tu ne le crois !

— Alors, je pense que vous êtes en mesure de me comprendre !

Crystal monte les escaliers en vitesse et en cinq minutes redescend avec sa valise en main et un sac.

— Non, tu dois rester ici ! Il ne faut pas que ton beau-père sache où tu es !

— C'est simple : soit je viens avec vous, soit je me débrouille pour retrouver Nick toute seule.

Darren soupire. Au même instant, Pierre et Coline entrent dans la maison et regardent le jeune homme avec un air interrogateur. Crystal prend les devants.

— Je vous présente Darren, un ami. J'ai des affaires à terminer, je vais devoir partir.

— Tu es sûre ? Tu peux rester ici aussi longtemps que tu veux.

— Merci, Coline, mais je dois y aller. Prenez ce sac, cachez-le dans un endroit introuvable. Si d'ici un mois vous n'avez pas de signe de vie de moi, apportez-le à la police ; je vous en prie.

— On te le promet !

Crystal se met en route avec Darren. Ils roulent jusqu'à un petit motel. Ils descendent et se rendent à la réception.

— J'ai réservé une chambre au nom de Garry Winber.

— Bien sûr, monsieur.

Crystal remarque que la réceptionniste dévore Darren des yeux. Elle rigole. Ils prennent les escaliers et arrivent dans la chambre.

— Je pense que s'il y avait eu votre femme à ma place…

— Oui, je sais, la réceptionniste serait morte à l'heure qu'il est ! Bref, on doit se mettre au travail. Je n'avais pas prévu que tu viennes avec moi, donc nous n'avons qu'une chambre. De toute façon, je dois bosser, donc si tu veux prendre le lit, n'hésite pas.

— Je vais aller dans la salle de bain avant.

— Pas de soucis, je vais nous commander à manger.

Crystal entre dans la salle de bain, se glisse sous la douche et laisse les sanglots qu'elle retenait depuis plusieurs heures éclater. Lorsque sa douche est terminée, elle n'arrive pas à retenir ses larmes. Elle se blottit dans un coin près de la baignoire et s'assoit par terre. Ses sanglots deviennent de plus en plus violents et elle n'entend même pas qu'on frappe à la porte de la salle de bain. Darren ouvre la porte et la découvre dans un sale état. Il s'accroupit et la regarde dans les yeux.

— Que physique hein ?

Crystal ne répond pas et ses sanglots repartent de plus belle. Darren la prend dans ses bras et la porte jusqu'au lit. Elle le regarde et se redresse.

— Je vous remercie vraiment… Il me manque tellement, je sais qu'on ne se connaît pas énormément, mais…

— Oui, je suis au courant de ce qui s'est passé il y a quatre ans. Cela ne se commande pas, un vrai coup de foudre ! Ha oui… tutoie-moi, j'ai l'impression d'être ton père sinon !

Crystal explose de rire en le remerciant. Le jeune homme décide, le temps d'une soirée, de laisser son travail de côté pour écouter la jeune fille raconter son passé et lui, lui raconter des anecdotes sur Nick. Une vraie complicité s'installe entre les deux personnes. Le sommeil les gagne, Crystal s'endort sur le lit et Darren sur le canapé. C'est le bruit de la porte qui s'ouvre avec fracas qui les réveille en sursaut. Darren est très vif et pointe son arme sur la personne face à lui, sous les yeux effrayés de Crystal.

— Darren, tu peux baisser ton arme ? Certes je t'ai volé ton goûter lorsque nous avions 6 ans, mais tu ne vas pas me descendre pour ça !

Darren soupire et rigole, James entre dans la chambre et salue Crystal.

— Bon, on a des informations ! Apparemment Nick a été aperçu... en France !

Darren sursaute.

— En France ? Mais que fait-il là-bas ?

— Kan a une immense villa dans la région PACA. Il nous y a emmené ma mère et moi quand j'étais plus petite.

Les deux frères regardent Crystal. Cette dernière attrape ses affaires pour aller s'habiller dans la salle de bain.

— On prend l'avion !

— Crystal...

— Darren, je te l'ai dit c'est avec vous ou sans vous, je partirais le rejoindre, je ne laisserais pas Kan lui faire de mal ou le détruire encore une fois. Nick est celui que j'aime, celui que je veux à mes côtés, l'homme qui me donne enfin envie de vivre, celui pour qui je veux sortir de cette spirale infernale, celui pour qui, un jour, mon corps se déformera pour lui donner un héritier, l'homme qui sera à mes côtés jusqu'à ma mort ! Maintenant, messieurs Wingleton, c'est avec vous ou sans vous !

Crystal ferme la porte de la salle de bain et les deux frères se regardent en souriant.

— Quel caractère, il l'a bien choisie, elle est…

— Digne de faire partie des femmes de la famille, fortes, déterminées et… éperdument amoureuses !

— On ne va pas la laisser y aller seule ?

— Sûrement pas, Nick nous tuerait !

— Dans ce cas je viendrais avec vous !

Darren et James font un bond et découvrent leur frère David sur le pas de la porte, ce dernier est en compagnie de Nina et Hope. Ces dernières se précipitent dans les bras de leur mari. James regarde sa femme.

— Tu n'aurais pas dû venir, ma puce…

— James, je ne suis pas malade, juste enceinte !

— OK, OK !

— Dis-moi, Darren, la réceptionniste en bas avait l'air déçue en me voyant arriver…

— Ho oui, elle lui a fait un très grand sourire à notre arrivée !

Crystal sort de la salle de bain et explose de rire en remarquant le regard de Hope. Crystal précise qu'elle se doutait que la réceptionniste ne serait plus de ce monde à l'heure qu'il est. Les filles font connaissance avec la jeune femme.

— Tu devrais rester ici…

— Cela peut être dangereux !

— Je m'en fiche, de toute façon s'il lui arrive un truc, je ne vois plus l'intérêt de rester ici, dans ce monde…

Les trois frères, en entendant ça, se redressent et Darren s'approche de Crystal.

— Écoute-moi, même s'il s'est fait prendre, Nick est fort et ne se laissera pas faire !

— Je ne veux pas qu'il reste dans les mains de Kan, on commande un avion et…

David coupe la parole à Crystal.

— Notre père a affrété un jet privé et nous ouvre les portes de sa villa en Corse, ce n'est pas très loin et cela nous laisse une bonne distance.

Tout le monde se met en route et en fin de journée, ils atterrissent sur une piste privée. En descendant du jet, tout le monde pousse des acclamations de stupéfaction. La villa se dresse devant eux telle une pyramide.

— Mon Dieu ! Père ne fait pas les choses à moitié !

— Il l'a fait construire pour notre mère.

— Elle est vraiment fabuleuse, James, tu sais ce qu'il te reste à faire !

Nina explose de rire ainsi que toute la famille, seule Crystal reste en retrait. Darren demande à James de lui prendre ses affaires, il s'excuse auprès de sa femme et se dirige vers la jeune femme.

— On va le retrouver, je te le promets, ne reste pas à l'écart, viens avec nous !

— J'aimerais tellement l'avoir dans mes bras…

Des larmes perlent sur les joues de Crystal, Darren la prend dans ses bras et la serre très fort contre lui, il s'approche de son oreille.

— Je vais te le retrouver, mais arrête d'être malheureuse… Ne me demande pas pourquoi, mais je ne le supporte pas.

Hope voit la scène au loin et tourne les talons en direction de la villa, Nina la suit. Crystal se détache de Darren et entre également dans la villa. Lui est rattrapé par ses frères James et David.

— Tu fais quoi, là ?

— Je ne comprends pas, que voulez-vous dire ?

— Attends-tu es bien proche d'elle ! Même Hope était furieuse et cela peut se comprendre ! Je te rappelle qu'elle est avec Nick et...

— Attendez, je rêve ou vous me faites une leçon de morale là ? J'apprécie Crystal et la voir ainsi ne me plaît pas du tout ! Quant à Hope je m'en occupe !

Darren rentre dans la villa et monte les escaliers quatre par quatre jusqu'à sa chambre et celle d'Hope. Il découvre cette dernière en train de défaire les bagages. Il ferme la porte à clé et s'appuie sur le chambranle de cette dernière.

— Mes chemises ne t'ont rien fait, mon ange !

Hope ne répond pas et continue, un peu brusquement, de ranger les vêtements. Darren s'approche et lui attrape la main, elle se débat.

— Darren, lâche-moi !

— Houla, quand tu m'appelles par mon prénom, c'est mauvais signe. Serais-tu jalouse, mon Amour ? Hum, je dirais que le fait que la petite Crystal soit tombée dans mes bras tout à l'heure ne t'a pas forcément plu, ma puce.

— Un conseil, Darren, lâche-moi !

— Sinon quoi ? Tu vas me faire quoi ?

La main d'Hope se lève, mais se retrouve aussitôt bloquée par celle de Darren.

— Méfie-toi, je te l'ai dit il y a quelque temps, je ne te laisserais pas faire !

Hope se détache et regarde Darren dans les yeux.

— Tu fricotes avec la copine de ton frère sous mes yeux ! Ha oui, c'est sûr, je n'ai plus 20 ans et je...

— Et tu as toujours un tempérament de feu, tu es toujours la prunelle de mes yeux, mon oxygène, la personne merveilleuse auprès de qui je me réveille chaque jour, le diamant de ma vie ! Hope, tu es ma femme et jamais je ne te trahirai !

— Alors que faisait-elle dans tes bras ? Tu la connais à peine et…

— Oui, je la connais à peine, certes, mais elle est comme une petite sœur… Je dois t'avouer quelque chose. Nous sommes quatre garçons, mais ma mère est tombée enceinte trois ans après ma naissance… Ce n'était pas James. Elle a mis au monde une petite fille qui est décédée peu de temps après… Même si j'étais très jeune, je me souviens encore de toute la grossesse de ma mère. Je m'étais mis à rêver de ma petite sœur, que moi, le grand frère, protégerais… Mais le drame arriva !

— Mon cœur… Je ne savais pas, je suis jalouse, ce n'est pas nouveau.

— Oui, mais là… C'est la copine de mon frère, même célibataire je n'oserais jamais la lui piquer !

— Ho, ne me jette pas la pierre, je te rappelle, il y a quatre mois, ce client qui m'avait prise dans ses bras pour la fête de demande en mariage de sa femme ? Tu as failli lui coller une balle dans la tête !

— Ce n'est pas pareil !

— Avec vous les mecs, ce n'est jamais pareil ! En tout cas maintenant je comprends mieux ton attitude.

— Elle s'est confiée à moi toute la nuit, son passé n'est vraiment pas joli, mais elle est éperdument amoureuse de Nick et la situation la rend très malheureuse.

— Je comprends.

— Donc, plus de crises ?

— N'exagère pas non plus !

— Tu as voulu me gifler, ma belle !

Hope ne dit rien, tourne le dos à Darren et continue comme si de rien n'était. Elle sent tout de même sa main se poser sur sa taille, elle se retourne en soupirant et découvre que Darren a fait tomber la veste. Sa cravate est défaite et sa chemise entrouverte. Hope laisse sa main glisser sur son torse en n'oubliant aucune parcelle de sa peau.

— Tu sais que tu me rends fou quand tu fais ça !

— Ha bon ?

Hope rigole, Darren la fait tomber sur le lit, l'embrasse et l'entraîne dans un moment de passion.

Non loin de là, Crystal s'est installée dans une chambre. Elle attrape son cahier et commence à écrire une chanson. Elle parle d'elle principalement et du fait qu'elle n'ait pas eu d'adolescence, qu'elle a dû très vite grandir. Elle pleure en écrivant certains passages comme si elle envoyait ces mots à sa mère. Elle s'approche du balcon et regarde le ciel.

— Je ne sais pas ce qu'il a pu te faire, mais crois-moi que je ne suis plus une chenille, le papillon est là et je prends mon envol, je suis libre et je ne laisserai personne m'enlever cette liberté, sûrement pas Kan !

Crystal se promène dans la villa et tombe sur un piano, elle s'y met et pense à sa chanson. Les notes arrivent toutes seules, son inspiration est une envolée, elle chante et joue en même temps. Plus aucun doute, elle est une femme déterminée à présent. Alertée par la mélodie, la famille apparaît discrètement et regarde Crystal. James regarde David.

— Effectivement ils étaient faits pour se rencontrer tous les deux. Elle a une voix exceptionnelle ! Nick a dû l'écouter et, déjà qu'il était amoureux, cela n'a fait que renforcer ses sentiments.

— C'est pour cela que nous allons lui retrouver !

Derrière eux se trouvent Hope et Darren. Cette dernière finit de mettre de l'ordre dans ses cheveux tandis que lui réajuste sa cravate.

— Oui et puis cela vous permettra de continuer vos occupations !

Tout le monde rigole et la musique s'arrête. Crystal les regarde et leur sourit timidement puis disparaît.

La soirée et la nuit se passent tranquillement. Au petit matin, tout le monde se rejoint. Nina arrive en courant dans la salle à manger.

— Elle n'est plus là !

Les trois frères se lèvent en même temps, Nina leur tend une lettre :

« Je ne vous remercierai jamais assez pour tout ce que vous avez fait pour moi, mais je ne veux pas vous mettre davantage en danger. James, tu as une femme merveilleuse qui va bientôt accoucher et je ne veux pas être responsable de quoi que ce soit. Darren tu es devenu un ami et un confident formidable, mais tu as une femme qui t'aime plus que tout et je ne veux pas qu'elle te perde. David, on ne se connaît pas beaucoup, mais je suis sûre que tu es une personne remarquable, je ne veux pas qu'il t'arrive malheur. Je retrouverai Nick et le renverrai auprès de vous.

Merci pour tout,

Crystal ».

— Mais c'est impossible ! On a vraiment un Nick en version féminine ! Elle est tout comme lui ! Bon les filles vous restez là et on part sur-le-champ !

Nina prend James dans ses bras et lui demande d'être prudent. Hope en fait de même et les trois frères se mettent en route.

Chapitre 12

Crystal se fait déposer par un taxi dans la ville de Cannes. Elle descend de la voiture et se dirige vers un magasin de grandes marques de luxe. Dedans, elle fait l'acquisition d'une magnifique robe et l'enfile. En sortant, elle rappelle un taxi et lui donne une adresse. Le taxi s'arrête devant les grilles d'une magnifique villa. Crystal sonne et la caméra pivote sur elle. Les grilles s'ouvrent. Elle commence à s'avancer, mais une petite voiture vient à sa rencontre. Un homme la fait rentrer et la conduit jusqu'à l'entrée principale de la villa.

— Tiens, tiens, mais regardez qui revient au bercail ! Tu es somptueuse, ma chère belle-fille !

— Je suis là pour affaire, Kan, et non pour autre chose !

— Pour affaires ? Laisse-moi rire ma belle, à part faire danser ton derrière sur des hommes tu ne feras aucune autre affaire avec moi !

Kan commence à se retourner, mais, le rire glacial de Crystal le fait arrêter. Cette dernière s'avance à sa hauteur et le regarde dans les yeux.

— Je te rappelle que certains papiers ont disparu de chez toi, des documents importants à ce que j'ai pu lire !

— Rien de bien méchant !

— Hum, je doute que tu gardes longtemps tes clients si j'envoie ces documents à la police et qu'ils font certaines perquisitions chez certains d'entre eux.

— Que veux-tu ? De l'argent ?

— Ho non, je veux Nick !

— Ha, nous y voilà, mademoiselle est tombée amoureuse de son sauveur !

— Il a une famille qui l'attend, tu n'as pas le droit de le séquestrer ! Tout ce que j'ai sur toi contre sa liberté !

— Tu es venue marchander ? Ma pauvre, tu vas tomber de très haut ! Je n'accepterai pas ton marché puisque ton Nick, je ne sais pas où il est !

— Tu mens, je ne te laisserais pas lui...

— Tu comptes faire quoi ? Tu n'as aucun moyen de me faire plier ! Maintenant, dégage de chez moi ou j'appelle la police !

Crystal n'y croit pas, mais pour l'instant elle ne peut rien faire. Elle est reconduite au portail de la villa, les grilles se referment derrière elle et elle serre les barreaux dans ses mains. Elle regarde la caméra.

— Je n'abandonnerai pas, crois-moi, je ne suis pas comme ma mère, tu n'arriveras pas à me manipuler ! Il vaut mieux qu'il ne lui arrive rien du tout !

Crystal appelle un taxi et, dès qu'il arrive, elle s'engouffre dedans en laissant échapper des larmes.

— Tu es pénible ! Je t'avais dit d'attendre !

Crystal écarquille les yeux et reconnaît Darren en chauffeur de taxi.

— Mais... que fais-tu là ??

— J'ai tracé ton nouveau téléphone et des agents à moi sont un peu partout en ville ! Ne prends plus ce genre d'initiative !

Il l'emmène dans un hôtel de luxe, lui prend une chambre et l'y conduit.

— Repose-toi, car...

— Non, je dois le retrouver et...

— Tu me laisses finir ?

— Je te disais : repose-toi, car ce soir nous sortons, mes agents ont repéré une nouvelle activité louche de ton beau-père et on suppose que Nick y sera.

Crystal capitule et se retire dans sa chambre, elle s'allonge sur le lit et s'endort en pleurant. Vers 20 h 30, on frappe à sa porte.

— Crystal, c'est moi Darren.

À moitié réveillée, elle va lui ouvrir et le fait entrer.

— Tiens, je t'ai fait acheter une robe, enfile-la et rejoins-moi dans le hall. N'oublie pas de mettre la perruque qui va avec, on ne doit pas te reconnaître.

Crystal obéit et une fois prête, elle rejoint Darren et ses frères dans le hall.

— David ira avec toi, mes hommes vous suivront !

— Pourquoi n'est-ce pas toi ?

— Kan nous connaît, James et moi, rappelle-toi que nous étions venus au bar. Je ne veux pas prendre le risque d'être reconnu. David prendra soin de toi.

— Tu es la princesse de mon frère et meilleur ami, je veillerai sur toi comme si tu étais ma femme, crois-moi ! rajoute David.

— Je vous fais confiance.

Les deux jeunes gens se retrouvent embarqués dans une voiture de luxe jusqu'un immense manoir. Lorsque Crystal descend, elle partage à David son mauvais pressentiment.

— Je me sens mal. Je sais que quelque chose va se passer… Je n'aime pas cet endroit…

— Tu dois te calmer, ne te laisse pas aller !

Crystal relève la tête et suit le flux de personnes. David et elle sont installés dans une sorte d'arène digne des gladiateurs d'autrefois. La jeune femme aperçoit de loin Kan à la tribune d'honneur, ce dernier parle avec les personnes autour de lui. D'un coup, Crystal voit des hommes masqués venir dans l'arène et combattre. Elle se penche vers David :

— Ne me dis pas que Nick...

— Je ne sais pas, on verra.

— Mais, c'est impossible !

Ils sont comme ces anciens combattants, à se battre à mains nues, c'est très barbare, il y a du sang partout par terre. C'est vraiment incroyable de voir qu'autant de gens sont autour et crient pour encourager ce genre de spectacle... Il ne reste plus qu'un homme en lice, il est très essoufflé, couvert de plaies, mais encore debout. Kan se lève et reprend le micro.

— Je crois que chacun d'entre vous ici connaît mes différentes « entreprises », j'ai le plaisir de vous montrer mon nouveau projet ! Et nous avons notre gagnant encore jamais vaincu !

À ce moment l'homme enlève son masque et Crystal pousse un cri. David la calme aussitôt, mais l'homme au milieu de l'arène se tourne vers elle. Ils restent ainsi sans bouger pendant une minute et l'homme part.

— Nick...

— Crystal, nous devons partir et vite !

— Non je veux le voir, je veux...

— Non rien du tout, on doit rentrer, je ne veux pas de scandale !

David entraîne Crystal hors du manoir et la conduit le plus loin possible. Dans la voiture une dispute éclate. Une fois à l'hôtel, la jeune femme claque la porte au nez de David. Ce dernier entre dans la chambre d'à côté où il retrouve James et Darren.

— Bon c'est bien ça, Kan l'a enrôlé dans une espèce de combat entre hommes !

— Crystal l'a vu ?

— Ho oui ! C'est une vraie tigresse, elle m'a griffé dans la voiture pour que je fasse demi-tour !

— Elle est où ?

— Dans sa chambre.

— Je vais la voir !

— Darren, tu vas te faire jeter !

Darren quitte la chambre et entre dans celle de Crystal sans ménagement.

— Ne fais pas l'enfant, si tu veux le sortir de là, tu dois avoir la tête sur les épaules !

Crystal est en larmes, furieuse, et en train de faire son sac. Darren s'approche et lui attrape le poignet.

— Lâche-moi ! Je ne pense pas que tu sois au courant de ce que c'est que d'aimer quelqu'un, je pourrais mourir pour lui, je ne vais pas le laisser là et…

— Tu es aussi rebelle que ma femme ! Vous allez bien vous entendre ! En attendant, pour te répondre, bien sûr que je sais ce que c'est ! Crois-moi que d'avoir quelqu'un d'aussi déterminé à côté de moi je connais. Ma femme a failli se faire tuer pour moi !

Crystal tombe à terre, le jeune homme se penche à son niveau et lui essuie ses larmes.

— Je ne suis pas ton ennemi et je n'ai pas l'intention de laisser mon frère pourrir là-dedans ! Je comprends qu'avec ton jeune âge et ton tempérament tu veuilles te jeter corps et âme à sa recherche, mais avec un type comme Kan, il faut faire attention. En aucun cas, je ne t'écarterai de nos plans.

Crystal se calme et dit à Darren qu'elle compte prendre un bain. Elle lui assure avec un sourire qu'elle ne s'échappera pas. Une fois seule, elle réfléchit à ce qu'il vient de lui dire. Il a raison, elle ne doit pas s'emballer.

Le lendemain, après une nuit agitée, Crystal se remet à écrire dans sa chambre d'hôtel et continue de s'évader dans ses chansons et dans sa musique. Les autres décident de ne pas la déranger. Crystal chante pour Nick. Ils ne se connaissent pas depuis longtemps, mais la jeune fille le sait, le sent, c'est lui et personne d'autre.

Le soir arrive et une fois avoir pris son repas au restaurant, elle se retire dans la chambre. Elle a réfléchi toute la journée et c'est décidé, malgré sa promesse, elle va agir, elle ne doit pas avertir les frères. Elle attend minuit et se glisse hors de sa chambre. Elle prend un taxi et retourne au manoir, c'est désert. Elle entre doucement et se retrouve dans l'arène où se trouvait Nick un peu plus tôt.

Un homme l'interpelle et rigole en la voyant, c'est Kan. Ce dernier était là pour régler les derniers détails du combat du lendemain.

— Je me doutais bien que c'était toi que j'avais vue, même avec une perruque on te reconnaît !

— Laisse-le partir et prends-moi à sa place !

— Ma chère il va y avoir un petit souci, car lui veut rester avec moi de son plein gré tant que je ne t'approche pas, donc dégage de là !

— Tu as plus à gagner avec moi qu'avec lui, réfléchis bien ! Lui te fait peut-être gagner des combats, mais moi, je peux te ramener des riches clients, ils peuvent venir pour moi, mais également pour d'autres business ! Laisse-le tranquille !

— C'est vrai que tu me rapportes plus que lui…

— Dans ce cas, laisse-le tranquille et garde-moi !

Kan lui demande de signer un papier, un genre de contrat. Crystal signe sans hésiter et rajoute au stylo la clause pour que Nick ne soit plus du tout approché par Kan ou ses hommes.

— Tu es dure en affaires ma chère belle-fille, mais j'accepte ta proposition, ton Nick sera libre dès ce soir, quant à toi tu vas être conduite dans la villa et nous allons parler du planning de la semaine. Beaucoup de clients désirent « s'amuser » !

Kan rigole à gorge déployée et Crystal est emmenée par les hommes de ce dernier. Il descend ensuite dans une cave où sont réunis de nombreux hommes. Il va au fond et envoie un t-shirt à Nick.

— Tu peux partir !

— Quoi ? Non ! Je t'ai dit que…

— J'ai eu une meilleure offre, bien plus sexy !

— C'est impossible, elle n'a pas pu faire ça !

— Apparemment elle tient à toi beaucoup plus que tu ne le penses. Je pense que jamais je ne me sacrifierais, mais elle l'a fait ! Donc maintenant tu peux partir, tu n'as plus rien à faire ici !

Nick s'apprête à argumenter à nouveau, mais il se retrouve avec une arme pointée sur lui.

— Je ne voudrais pas t'abimer, on ne sait jamais, tu pourrais servir à nouveau un jour ou l'autre !

Kan affiche un sourire victorieux et reconduit Nick dehors. Ce dernier l'insulte en assurant qu'il n'en a pas fini avec lui. Le jeune homme quitte le manoir et découvre une voiture noire garée de l'autre côté de la route, un homme est dedans.

— Je peux vous aider ?

— J'attends une jeune fille qui devait revenir et qui…
— Laissez tomber, elle venait d'où ?
— D'un hôtel de luxe en plein centre-ville.
— Amenez-moi là-bas, je vous prie.

Une fois à l'hôtel, Nick bataille avec la réceptionniste et apprend qu'une femme et trois hommes sont arrivés peu de jours auparavant. Nick demande la chambre des trois hommes puis monte les escaliers. Il tambourine à la porte et tombe nez à nez avec eux.

— Nick ? Mon Dieu, tu t'es enfui !
— C'est génial, enfin !

Tandis que James et Darren tentent de le prendre dans leur bras, David fronce les sourcils et regarde Nick.

— Je sens que quelque chose ne va pas. Nick ?
— Oui quelque chose ne va pas, je pensais que vous protégeriez Crystal, pas que vous la jetteriez dans la gueule du loup !
— Nick, c'est elle qui a insisté pour venir et pour…
— Et pour prendre ma place !
— Ta place ? Mais non, elle est dans la chambre à côté !

Les quatre frères s'y rendent et trouvent la chambre vide. Nick s'énerve et parle fort.

— Elle a été à la villa et a demandé à Kan de me laisser partir en échange de ses services à elle ! J'ai fait tout ça pour rien, vous ne l'avez pas protégée !
— Nick, arrête de t'énerver ! On va l'aider et…
— Non, laissez tomber ! Sortez de cette chambre, j'ai besoin d'être seul !

Les trois frères sont mis à la porte et se regardent.

— Un sale caractère tous les deux ! Ils se sont bien trouvés !

Nick regarde autour de lui et voit les affaires de Crystal un peu partout. Il attrape un foulard et respire son parfum. Il arrive à un petit bureau et découvre les chansons qu'elle est en train d'écrire. Il ne peut s'empêcher de les lire et d'être admiratif. Il regarde également le lit et s'y allonge puis finit par s'endormir.

Pendant ce temps dans la villa de Kan, Crystal est mise au courant de son nouveau planning.

— Je te préviens ma belle, je connais ta réputation auprès des hommes, beaucoup reviennent et beaucoup sont prêts à payer cher pour t'avoir, alors oui tu seras traitée correctement, mais je te préviens, un seul faux pas et tu seras traitée comme les filles les plus mauvaises !

— Tu n'es qu'un gros porc, Kan, et je n'ai aucune sympathie pour toi, mais j'ai signé un contrat et je tiendrai mon engagement.

— C'est sympa de faire des affaires avec toi, ma belle !

Crystal suit Kan et se retrouve dans une somptueuse chambre. Elle découvre une armoire avec différentes tenues très sexy et osées, elle voit également un bocal avec tout un tas de préservatifs. Elle tourne sa tête vers Kan.

— Attends, c'est ici que…

— Tu as tout compris ! C'est ici que tu verras tes clients, tu as la possibilité de fermer la porte à clé quand un homme est avec toi, nous ne sommes pas des monstres. Sur le palier tu verras également deux autres filles, dont ta copine Carla ! Cette nouvelle vie a l'air de lui plaire !

Kan sort et Crystal court explorer les chambres. La deuxième est vide et dans la troisième, elle y découvre Carla avec une autre fille. Quand elle la voit, la jeune femme n'en croit pas ses yeux.

— Que fais-tu là ?

— Je ne pouvais pas le laisser en danger, je ne voulais pas qu'il reste entre ses griffes, c'était impossible !

— Kan le savait… On n'a jamais eu la première chambre, car il l'a toujours gardée pour toi, il a dit que jamais tu ne laisserais Nick se sacrifier pour toi !

— Il le paiera, crois-moi que je l'aurai ! Et toi, tu fais quoi ici ?

— Je suis là pour elle, quand tu es partie, il l'a recrutée, c'était une orpheline.

Crystal regarde la jeune fille blonde à côté de Clara.

— Je m'appelle Crystal et toi ?

— Je te connais, Kan m'a parlé de toi… Il m'a expliqué que je devais suivre tes traces, tu devais devenir mon modèle. Je m'appelle Mathilde.

— Un modèle ? Tu as quel âge ?

— Oui, il m'a montré des vidéos de toi pendant…

— Oui, je vois ! C'est vraiment un enfoiré !

— Crystal !

— Quoi, c'est la vérité !

— Non… tu es trop gentille !

Les trois filles éclatent de rire. Crystal redemande l'âge à Mathilde et cette dernière lui apprend qu'elle a 17 ans. La jeune femme explose en continuant d'insulter Kan et en lui promettant de la sortir de là.

Chapitre 13

Kan est installé à son bureau et regarde le contrat qu'il a fait avec Crystal. Un sourire se dessine sur son visage. Un homme à lui entre au même moment dans le bureau, il tend un téléphone à Kan.

— Oui, allo ?

— Je peux te promettre que je me vengerai, tu ne la garderas pas longtemps, tu vas bientôt être détruit !

— Mon cher Nick, ce n'est pas bien d'être envieux de ce qu'ont les autres ! Tu te prends pour qui ? Je suis dix fois supérieur à ta famille ! Tu es loin de me faire peur !

Le téléphone portable de Kan sonne en même temps.

— Je te laisse, mais si tu veux faire du business pour moi n'hésite pas !

Kan raccroche en rigolant puis décroche son téléphone.

— Bonjour, je ne sais pas si vous vous souvenez de moi. Je suis monsieur Drake, j'étais venu dans votre bar et j'avais eu le droit à votre meilleure fille, j'en avais payé le prix fort !

— Oui, je me souviens tout à fait de vous ! Comment allez-vous ? En quoi puis-je vous aider ?

— J'ai une faveur à vous demander, je me trouve actuellement dans le sud de la France et je me demandais si parmi vos connaissances vous ne pouviez pas m'indiquer un établissement aussi prestigieux que le vôtre et surtout avec des filles aussi talentueuses que celle que j'avais eue.

— Dans le sud de la France ? Où exactement ?

— Je me trouve à Nice pour affaire. C'est pour cela que...

— Je me permets de vous couper, si cela vous intéresse, je suis actuellement à Cannes ! Je dispose d'une villa avec les plus belles femmes de la région. Vous pouvez dormir sur place et profiter de la demoiselle pendant toute la nuit. Vous avez un forfait qui comprend le dîner, la nuit et le petit-déjeuner et, par chance, la fille que vous désirez est ici !

— Dans ce cas, comment ne pas accepter cette magnifique proposition ! Je suis prêt à faire 40 min de route à l'aise ! Par contre, il faut que je m'assure de la disponibilité de la fille sur une quinzaine de jours. Car mon collègue, que vous avez vu également, me rejoint en fin de semaine et j'aimerais qu'il profite également !

— Il n'y a aucun souci pour ça, par contre vous devez payer à la semaine, je ne veux pas prendre de risque, vous comprenez ?

— Aucun problème ! Je peux venir dès ce soir ?

— Tout à fait !

— C'est génial ! Je vous remercie beaucoup, à ce soir !

Lorsque le fameux « monsieur Drake » se tourne vers ses frères, il peut distinguer la colère dans les yeux de l'un d'eux.

— Je vais lui faire rendre gorge !

— Nick, tu te calmes ! On suit le plan et tu n'interviens pas ! Ta « princesse » a déjà ruiné notre premier plan ! Donc, maintenant stop !

— Imagine Nina à sa place ; imagine-la cinq secondes dans un lit et qu'on la force à...

— Oui, je conçois que ce soit dur pour toi et je n'ose même pas imaginer ce que tu dois vivre. Mais là c'est avec moi que Crystal a rendez-vous, elle ne risque rien ! Bon maintenant que peux-tu me dire sur la villa ?

— OK, je me calme. Un des mecs avec qui j'étais enfermé m'a indiqué qu'il était tombé amoureux d'une de ses filles et elle lui a expliqué le fonctionnement. Dans la chambre, tu as une caméra qui est dirigée vers le lit et une autre sur le petit salon, il y a également des micros. Le seul endroit où les filles sont tranquilles c'est dans la salle de bain. Pas de micro et pas de caméra.

— OK, donc on doit expliquer le plan à Crystal à cet endroit !

— Tu n'auras pas le droit d'y aller avec elle, la fille doit être seule dans la salle de bain, soi-disant il fait ça pour les protéger...

— Ne t'inquiète pas, nous avons un plan, on l'a bien fait quand nous étions à l'hôtel, on recommencera à la villa !

Nick voit ses trois frères s'activer pour préparer le plan, il s'approche d'eux et leur glisse un merci.

— Attends, mec ! C'est normal...

— C'est ta femme !

— Et nous sommes une famille.

— Merci à vous, vraiment.

— Bon maintenant il faut trouver un moyen pour tout expliquer à Crystal et surtout la sortir de là !

Les garçons continuent tout au long de la journée à mettre au point un plan pour ne pas se faire repérer. Le soir venu, James se présente à la villa indiquée par Kan. Il est conduit jusqu'au bureau de ce dernier où il est reçu comme un roi.

— Monsieur Drake ! C'est vraiment un plaisir de vous revoir, tout est prêt pour vous ! Nous n'avons pas indiqué à la jeune fille que c'était vous, ce sera la surprise. Puis-je vous offrir un apéritif le temps qu'on règle les formalités ?

— Bien sûr, je ne vous cache pas qu'il me tarde de la revoir, je suis très impatient.

Kan sourit et tend le contrat à James, sans se douter une seule seconde de qui il est. James lit tout et voit le montant en bas.

— C'est pour la semaine ou la quinzaine ?

— C'est pour la semaine, c'est plus cher que la dernière fois, mais les prestations ne sont pas les mêmes et...

— Ne vous justifiez pas, le prix est très correct vu la déesse avec qui je vais être.

James donne une mallette à Kan et ce dernier l'ouvre. Il compte et tend la main.

— C'est un plaisir de faire des affaires avec vous, monsieur Drake !

— Je n'en doute pas ! Dites-moi, j'ai apporté un cadeau à la jeune fille, puis-je le lui remettre ?

James montre une house dans laquelle se trouve une robe.

— Bien sûr, mais nous devons la fouiller, comme vous fouiller d'ailleurs. Je suis désolé, mais comme vous l'avez lu, cela se trouve dans le contrat. Je protège mes filles.

— Pas de souci, allez-y !

Les hommes de Kan ouvrent la housse et découvrent une robe noire en dentelle très échancrée au niveau du décolleté et du dos. Sur James, ils ne trouvent rien d'autre que ses deux téléphones portables.

— Un pour le privé et un pour le travail.

— Je sais ce que c'est, j'en ai même quatre sur moi ! Bon, vous pouvez y aller, on va vous conduire à sa suite. Je vous souhaite une bonne soirée et une bonne nuit. Pour information, il y a une espèce de boudoir qui jouxte la chambre, si vous voulez prendre votre repas seul, il n'y a pas de souci, faites-le-nous savoir.

— Bien, merci.

James est conduit à la chambre de Crystal. Quand la porte s'ouvre, elle est de dos et ne réagit pas. La porte se ferme derrière l'homme, il s'approche d'elle et pose une main sur sa taille, il la sent se raidir instantanément. Il la retourne et croise son regard. D'une femme effrayée, Crystal passe à une femme surprise. James glisse sa tête dans son cou et en profite pour lui glisser à l'oreille.

— Ne t'inquiète pas, nous avons un plan, je vais te donner discrètement un téléphone et tu vas aller dans la salle de bain, mais ne t'inquiète pas, je suis au courant des caméras dans la chambre !

James recule et parle à haute voix.

— Ça fait vraiment plaisir de vous revoir, mademoiselle ! Je vous ai ramené un petit cadeau et j'aimerais que vous l'enfiliez !

James donne la house à Crystal et glisse le téléphone dedans sans que cela ne se voie.

— Bien, je vais me changer dans la salle de bain.

Arrivée dans la salle de bain, elle ouvre la housse et découvre le téléphone et la robe. Elle enfile cette dernière et allume le téléphone. D'un coup, elle entend James parler à haute voix dans la pièce d'à côté, elle en profite pour appeler le seul numéro du téléphone enregistré dedans.

— Allo ?

— Pourquoi tu as fait ça ? Je croyais qu'entre nous ce n'était que physique !

Crystal ne répond pas, les larmes aux yeux.

— Nick…

— Bref, on verra ça plus tard ! Il faut te sortir de là et ce n'est pas une mince affaire !

— Surtout qu'au même étage que moi, il y a ma copine Carla et une gamine de 17 ans que Kan a enrôlée !

— Oui, je suis au courant, c'est Mathilde, ce salaud me l'avait proposée pour me divertir !

— Et tu as dit quoi ?

— Ça t'intéresse vraiment ?

Un nouveau silence s'installe puis Nick reprend sa conversation.

— James et Darren ont réussi à gagner quinze jours, mais je ne tiendrai pas… enfin on ne va pas te laisser quinze jours là-dedans ! Tu sortiras avant. En attendant, James est au courant pour les caméras, vous allez devoir faire semblant d'avoir un rapport sexuel ! Et le matin on va donner à Kan ce qu'il veut, James te traitera un peu brusquement. Il faut que ça fasse vrai !

— Nick, je ne veux pas rester ici… Je t'en supplie…

— Crois-moi que je ne te laisserai pas longtemps là-dedans !

— Nick… je… enfin…

— Bon je dois te laisser il faut que tu retournes auprès de mon frère, à plus tard !

Le téléphone s'éteint et de nouveau Crystal a les joues pleines de larmes, elle aurait voulu lui dire qu'elle l'aimait, qu'il était tout pour elle, qu'elle était désolée de ce qu'elle avait dit, mais Nick n'avait pas l'air de partager tout ça. Elle se sent totalement perdue. La jeune fille sort de la salle de bain et rejoint James pour le repas. Ils ont une conversation bateau tout le long. Au moment de passer au lit, Crystal se déshabille et se glisse dans le lit. James fait exprès et diminue la luminosité au maximum.

Dans le lit, il laisse le drap le séparer de Crystal et simule un rapport sexuel avec elle. Ils essaient d'être vraiment à fond comme dans une pièce de théâtre. Une fois leur mise en scène finie, Crystal s'endort seule dans son lit et James fait semblant de travailler dans le petit salon. En fait, il envoie un mail à ses autres frères.

Le lendemain lorsque Crystal se réveille, James est sur le point de partir. Il se rapproche d'elle.

— Bon, ce soir je reviens ma belle et tu vas me donner un peu plus, c'était un peu mou cette nuit, tu m'as donné mieux la dernière fois !

— Vous êtes un goujat !

James la regarde et la gifle doucement, mais, d'un point de vue extérieur ce geste peut paraître odieux.

— Que tu le veuilles ou non, c'est comme ça, je vais en faire part à ton patron !

James part en prenant l'air furieux et entre dans le bureau de Kan.

— Je suis désolé de vous interrompre comme ça, mais je l'ai giflée ! Elle m'a insulté et...

— Houla, monsieur Drake, si elle l'a mérité, vous avez bien fait, certaines de ces filles sont à mater ! Je vous dis à ce soir.

— À ce soir, monsieur Koling.

James part de la villa et repart à l'hôtel faire un rapport à ses autres frères. Nick recommence à s'énerver quand son frère lui raconte ce qu'a dit Kan sur la façon de traiter les filles.

— C'est vraiment un beau salopard, je ne sais pas combien de temps je vais pouvoir tenir avant de me déplacer moi-même !

— Oui tu as raison, fous tout en l'air, notre couverture, les plans mis en place et tu peux me croire que tu ne la reverras plus jamais ! D'ailleurs, pour quelqu'un qui tient vraiment à elle, tu n'es pas très démonstratif !

— Elle t'a dit quoi ?

— Que tu avais été froid avec elle !

— En même temps, c'est elle qui a commencé avec sa lettre et qui…

— Putain Nick ! Tu as une dizaine d'années de plus qu'elle, c'est un chaton effrayé et perdu !

Nick s'écarte de ses frères, va vers la cheminée puis s'accoude dessus.

— Non pas un chaton… une petite souris, ma petite souris… Tu as raison j'ai été un gros con et ma fierté a pris le dessus…

— Bon on se calme, le principal c'est qu'elle aille bien et qu'on la sorte de là !

Pendant une semaine ils arrivent à jouer le jeu. Le samedi matin. James se rend dans le bureau de Kan et comme à son habitude débriefe de la nuit.

— Oui c'est une vraie tigresse, il faut la dresser mais vous avez raison. Ne vous laissez pas faire !

— C'est clair, je n'ai jamais connu de femme comme ça, elle est vraiment… waouh !

— Oui ma meilleure recrue et la plus professionnelle !

— Bon à partir de ce soir c'est mon collègue qui prend ma place, je l'accompagnerai peut-être en fin de semaine si cela ne vous dérange pas.

— Pas du tout, par contre le weekend c'est un peu plus cher et il faut être précis sur les horaires, car les filles travaillent la journée aussi !

— Comment ça la journée ?

— Et bien elles voient d'autres clients, j'ai une entreprise à faire tourner donc le weekend, c'est chargé pour elles. Je dois savoir à partir de quelle heure votre collègue compte venir ce soir.

— Je ne sais pas encore… Cela veut dire que la jeune fille aura des clients dans la journée ? Mais elle va être fatiguée pour ce soir !

— Ne vous inquiétez pas pour ça, ce sont juste deux ou trois passes vite faites et après elles se reposent. C'est pour ceux qui ont moins de moyens. C'est très surveillé et ce soir votre collègue la retrouvera en pleine forme.

— Je vous remercie pour cette information et vous fais part de l'horaire au plus vite.

— Oui, bon ne vous inquiétez pas Crystal a un seul client à 13 h pour l'instant.

James sort et fonce en direction de l'hôtel où sont ses frères et se dépêche de tout raconter. Il fallait s'y attendre, Nick rentre dans une rage incontrôlable.

— Non j'y vais de suite, je ne vais pas laisser un mec la toucher c'est hors de question, je ne veux pas de ça !

David tente de calmer son frère, mais rien n'y fait. Darren prend les choses en main.

— Nick a raison, ce petit manège a assez duré, on n'attendra pas la semaine prochaine pour agir, il faut le faire maintenant. Il faut que nous la sortions de là aujourd'hui, elle ne doit pas rester là-bas une seconde de plus !

Nick lève un sourcil vers son frère et s'approche de lui.

— Merci… dis-moi tu aimes toujours ta femme ? Car je trouve que tu défends Crystal un peu trop.

— Oui, Crystal et moi nous nous sommes beaucoup rapprochés, mais cela n'a rien à voir. C'est une amie et oui j'aime ma femme plus que tout !

— OK…

— Nick ! Tu vas imaginer quoi là ? J'ai Hope et jamais je ne la trahirai et quand bien même, si je ne l'avais pas c'est toi que je ne trahirai pas !

James s'interpose entre les deux hommes.

— On se calme, on sait tous que Crystal est la femme de Nick et ça s'arrête là !

— Je la considère comme une petite sœur c'est tout !

— OK, je te fais confiance… mais je trouve que tu t'es bien lié très vite d'amitié avec elle !

— Et toi ? Tu es tombé amoureux d'elle rapidement non ? Donc tu sais ce qu'elle dégage ! Elle est très sociable et… bref !

— J'ai beau te faire confiance, j'ai du mal à…

— STOP ! On a déjà dit qu'on ne se disputerait plus pour une femme ! D'ailleurs, il ne devait plus y en avoir dans notre vie, mais bon aucun d'entre vous n'a respecté le pacte !

David n'en peut plus d'écouter les disputes de ses frères. Il se pose dans un fauteuil et suggère plutôt de discuter pour sortir Crystal. Malgré l'ambiance tendue, les quatre garçons continuent à comploter contre Kan. En fin de matinée, avant de se mettre en route, Darren attire Nick sur le côté. Les deux autres frères s'éloignent pour les attendre dans la voiture.

— Nick… Oui j'aime Crystal, mais pas de la façon dont tu crois… je vais te raconter un secret familial que je suis le seul à connaître avec père et mère. Je l'ai déjà raconté à ma femme, vu sa jalousie envers la tienne.

Darren raconte alors l'histoire de leur sœur décédée à la naissance. Il explique à Nick qu'il était comme ça envers Crystal, car elle aurait pu être cette sœur qu'il n'a jamais eue.

— Nick, en aucun cas je ne veux te prendre ta femme ! J'en ai déjà une avec le même caractère de feu et ça me suffit crois-moi, mais, chez Crystal… je ressens ce besoin de la protéger et d'être présent près d'elle en tant qu'ami et grand-frère.

Face à Nick, Darren laisse tomber ses défenses. L'homme froid qu'il avait été autrefois s'efface un instant. Nick, touché, pose sa main sur l'épaule de son frère :

— Alors, allons la sortir définitivement des griffes de Kan !

Chapitre 14

Crystal apprend qu'un nouveau client arrive pour 13 h cette après-midi. Elle sait que ce n'est ni James ni Darren. Ce dernier doit arriver en fin de journée. La jeune fille panique et s'enferme dans la salle de bain. Lorsqu'elle se regarde dans la glace, elle a envie d'en finir avec tout ça. Elle attrape son rasoir et l'approche de son poignet, mais, au dernier moment, elle voit l'image de Nick devant elle. Elle lâche l'objet et laisse échapper des larmes.

— Tu sors de là et tu te prépares pour ton client de 13 h ! Dépêche-toi, c'est le patron qui l'a dit !

Crystal sort et se retrouve face à un homme de main de Kan. Ce dernier la regarde de haut en bas sans se gêner.

— Ça va, te gêne pas !

— Pas du tout la belle, j'aimerais juste goûter un peu à ta chair !

— Je ne conseille pas de t'approcher !

L'homme se fait de plus en plus insistant et la jeune fille lui lance un coup de pied entre les jambes, il se met à hurler et Kan entre quelques secondes plus tard dans sa chambre avec un autre de ses hommes.

— Mais que se passe-t-il ici ?

— Je croyais que tes hommes ne devaient pas s'approcher des filles ! Lui l'a fait et…

— Alors ça, c'était avant ! Maintenant mes hommes ont droit à une petite « prime » avec les filles quand ils travaillent bien ! Mais vu que nous sommes trois dans la chambre… on va pouvoir prendre une prime tous ensemble avec toi !

— Toi ? Mais, je suis ta belle-fille !

— Justement tu n'es pas de mon sang, donc… je dois dire que tu es sacrement bonne et je vais me régaler !

Kan s'approche dangereusement de Crystal lorsqu'il voit son associé lever les mains et regarder derrière lui.

— Tu fais quoi là ?

Il voit le deuxième faire pareil, il se retourne et voit sur le pas de la porte Darren et un autre homme pointer une arme vers eux.

— Mais, je vous reconnais, vous êtes le collègue de monsieur Drake ? Que faites-vous là et quelle est cette mascarade ?

Crystal ne peut s'empêcher de hurler le prénom de Darren quand elle le voit et Kan a aussitôt compris.

— Darren ? Darren… Mais bien sûr ! Darren Wingleton ! Et je parie que la petite mise en scène de cette semaine a été jouée par un autre frère ! Bande de pourriture ! Putain, mais pourquoi je n'ai pas vu la ressemblance physique avec l'autre ordure de Nick ! Vous m'avez roulé, mais vous ne gagnerez pas !

— C'est nous que tu traites de pourritures, c'est le monde à l'envers, tu as vu ce que tu fais subir à ces jeunes filles !

Darren se rapproche, mais Kan attrape Crystal par la gorge et lui met la lame d'un couteau sous la gorge.

— Si tu fais un pas de plus, crois-moi que ton frère ne reverra pas sa dulcinée.

Crystal se met à supplier Kan de la lâcher, elle pleure et se débat.

— Continue, j'adore quand tu fais ça, tu n'imagines même pas comment ça m'ex...

Kan arrête de parler, il se retrouve avec une arme sur la tempe.

— Bouge sinon tu vas voir comment je vais m'exciter également. Tu as trois secondes pour la lâcher, je ne suis pas expert en armes à feu, mais à ce que j'ai pu déjà voir, une arme sur la tempe fait pas mal de dégât. Tu la tues je n'ai plus rien à perdre, donc je n'hésiterais pas à appuyer sur la détente.

Petit à petit, Kan libère Crystal qui se réfugie dans les bras de son sauveur.

— Nick... Tu es revenu...

— Je te l'avais dit que je ne te laisserais pas avec cet enfoiré !

Nick donne un grand coup à l'arrière du crâne de Kan et fait de même avec ses deux hommes de main. Il se rapproche de Darren.

— James et David ont réussi à récupérer les autres filles ?

— Oui, il faut partir et vite !

— Mais vous n'appelez pas la police ?

— Pour leur dire quoi ? Je te rappelle que ce que tu faisais ici était illégal, la prostitution est interdite en France et ce sera ta parole contre celle de Kan ! Donc on rentre tout de suite !

Nick ne ménage pas Crystal, ils montent même dans deux voitures différentes. Après avoir aidé les autres filles à rejoindre l'aéroport, ils repartent tous les cinq en Corse où Nina et Hope ont préparé les affaires pour repartir aux États-Unis.

Dans le jet, Nina se penche vers son mari.

— Tu crois que c'est fini ?

— Non, je pense qu'il va vouloir se venger, mais ce coup-ci on ne se perd pas de vue ! Repose-toi ma puce.

— Je t'aime.

— Moi aussi je t'aime…

Puis James se ravise et pose sa main sur le ventre de sa femme.

— Je vous aime !

James embrasse Nina. Crystal assiste à la scène et se rend compte des risques qu'a pris la famille de Nick pour la sauver. Ce dernier se trouve à l'autre bout du jet et dort. La jeune fille est déroutée. Le jet atterrit et deux limousines conduisent tout ce petit monde à la maison familiale des Wingleton. La mère et le père des garçons les attendent. Nick présente, un peu sèchement, Crystal à son père et sa mère.

— Vous voilà, ma chérie, ne vous inquiétez pas, cette vie est derrière vous. Bienvenue dans la famille !

Un grand silence se fait et Crystal se retrouve face à monsieur Wingleton.

— Avec tout le respect que je vous dois, je vous remercie vraiment de m'accueillir ici, oui cette vie est finie pour moi, plus jamais je ne retomberai dedans. Quant à me souhaiter la bienvenue dans votre famille… je pense que vous mettez la charrue avant les bœufs ! Je préfère vous laisser entre vous, merci à tous !

Crystal quitte la maison, prend son sac et quitte la propriété. Nick est déconcerté et se lance à sa poursuite. Une fois à son niveau, il lui prend le bras et la retourne sans prendre de gants.

— Que me fais-tu là ? Tu te rends compte de tout ce qu'on a risqué pour toi ?

— Oui, je me rends compte que ton frère James aurait pu laisser une femme veuve et un enfant sans père, que ton frère Darren aurait pu laisser une veuve et que dire de David qui ne me connaît même pas ! Toi aussi tu as risqué ta vie, je suis reconnaissante envers tout le monde, mais le moment de partir est venu, il me semble !

— Mais, et nous ?

— Comment ça nous ? Tu m'as ignorée tout le temps où l'on s'est retrouvés, tu ne t'es pas approché de moi, en aucun cas tu n'as été à côté de moi ! Maintenant, tu me laisses.

Les deux jeunes gens continuent à se crier dessus lorsque Darren fait son apparition.

— Stop tous les deux, vous arrêtez de vous crier dessus ! Nick, laisse-nous s'il te plaît.

— C'est une blague là, j'espère ?

— Non pas du tout !

— OK je me casse !

Nick remonte la cour, monte sur sa moto et s'enfonce dans la propriété de ses parents, Crystal s'effondre dans les bras de Darren.

— Je ne sais pas quoi penser, je ne sais plus quoi faire, je ne sais…

— Il a sa fierté, tu l'as un peu rejeté dans ta lettre et depuis il l'a un peu amer.

— C'est une blague ? J'ai passé un marché avec Kan pour qu'il le libère ! Je pense que c'est une preuve que je…

— Que tu quoi ? Dis-le-moi !

— Oui je l'aime, je pense l'avoir assez prouvé !

— Alors, rattrape-le et dis-le-lui !

David arrive et lance des clés à Crystal.

— Ma moto est garée à côté de la limousine et Nick se trouve dans une cabane derrière chez nous, suis la route et tu la verras sur ta droite ! Ramène-moi ce grincheux !

Crystal monte sur la moto et suit les directives de David. Elle finit par tomber sur la fameuse cabane et voit la moto de Nick garée sur le côté. Elle descend et entre doucement dedans. La porte arrière est ouverte et elle le voit. Il a enlevé son t-shirt, il boit une bière et fume une cigarette. Quand elle s'approche, il commence à se lever.

— Attends… je t'en prie.

Il soupire et pose sa bière, il écrase sa cigarette et la regarde.

— Tu as deux minutes.

— Pourquoi tu m'en veux autant ? Du moins je crois savoir c'est par rapport à la lettre que je t'ai écrite, c'est ça ?

— Tu ne voulais plus de moi, c'était que physique entre nous, tu te souviens ?

— J'ai fait ça pour te protéger !

— J'ai plus de 30 ans, je suis un grand garçon et je peux me protéger tout seul !

Nick entre dans la maison et s'apprête à vouloir remettre son t-shirt, mais il fait face à la tristesse et à la colère de Crystal.

— Donc tu as plus de 30 ans et tu te crois plus mature que moi ? Je ne crois pas, j'ai fait ça, car je ne voulais pas que Kan s'en prenne à toi ! J'ai déjà vu des personnes partir les pieds devant, car elles n'avaient pas respecté les lois de Kan. Je ne voulais pas qu'il t'arrive la même chose. Ensuite quand j'ai appris que tu avais quand même été là-bas, j'ai passé un contrat avec lui, pour te sortir de là. Non pas pour montrer que tu n'étais pas capable de t'en sortir, mais tout simplement parce que… je t'aime ! Et quand on aime une personne, on fait tout pour elle, on fait en sorte qu'il ne lui arrive rien du tout !

Crystal, en larmes, commence à vouloir partir à son tour, mais Nick l'en empêche. Il l'attrape par la main et la tourne vers lui.

— Tu quoi ?

— Je t'aime, c'est difficile à comprendre ? On ne se connaît pas depuis longtemps, mais c'est comme ça ! Je ne peux plus me passer de toi !

Nick la fait taire par un baiser des plus sensuels, il la soulève et la dépose sur la table. Crystal, encore un peu sonnée, se perd dans ce baiser et le stoppe en posant sa main sur le torse de Nick. Ce dernier appuie son front contre le sien.

— Je suis désolé, mon ego de macho a pris le dessus… Je suis vraiment un abruti, mais je dois dire, pour ma défense, que je n'ai jamais aimé une femme comme je t'aime. C'est une situation vraiment incroyable… Alors, oui, quand j'ai lu ta lettre, j'ai été dévasté, j'ai cru que tu étais comme les autres et que tu m'avais abandonné… si tu savais à quel point je t'aime !

Les yeux de Crystal se font brillants à cette déclaration et c'est elle qui l'embrasse à son tour. Le baiser se fait de plus en plus passionnel et les mains de plus en plus baladeuses. Nick défait le haut de la jeune fille et cette dernière pousse des petits gémissements. Dans ses bras, elle a vraiment l'impression d'être une femme et non un objet pour les hommes. Quand il s'insère en elle, c'est l'extase, elle est au nirvana. Leur roucoulade dure jusqu'au coucher du soleil. Entretemps, ils passent beaucoup de temps à parler. À la fin de la journée, des bruits à l'extérieur les interpellent. Crystal en peignoir ne bouge pas et Nick enfile vite fait son pantalon par-dessus son boxer. Quand il ouvre la porte, il découvre ses trois frères.

— Tiens, je crois que mes frères veulent savoir si tu es toujours en vie !

— On voulait savoir si tout allait bien !

— Oui elle est toujours en vie et tout va bien, n'est-ce pas ma petite souris !

— « Petite souris » ? Moi j'aurais dit « tigresse », oui ! Elle m'a griffé tout l'avant-bras le soir où on t'a vu te battre ! J'ai encore des cicatrices !

Nick se tourne vers Crystal, qui rigole à gorge déployée.

— Tu l'as griffé ?

— Il ne voulait pas me laisser te rejoindre !

— De toute façon vu l'état de ton dos mon cher Nick, on n'a pas de doute sur votre réconciliation !

Les frères éclatent de rire et Crystal lève les yeux au ciel. Nick s'approche d'elle et l'embrasse.

— Oui aucun doute ! Bon vous êtes également venu nous dire que le dîner va être servi, c'est ça ?

— Oui les parents espèrent vraiment te voir…

— Oui, il arrive !

Crystal le regarde dans les yeux avec une telle conviction qu'il ne peut que confirmer.

— On arrive !

Les trois frères sortent, en partant David regarde son frère.

— J'avais dit… Doux comme un agneau !

— Pfff n'importe quoi !

David rigole et part en direction de la maison. Le couple en fait de même. Lorsqu'ils arrivent en haut, ils garent leurs motos et Crystal regarde Nick.

— Tu sais… j'ai un peu honte de me présenter comme ça à ta famille, sachant qui je suis.

— Qui tu as été, rectifie Nick, plus jamais tu ne feras ça et je ne laisserai plus personne t'approcher, crois-moi ! Celui qui le tentera me passera d'abord sur le corps !

— Ha non… il y a que moi qui te passe sur le corps !

Nick sourit et attrape la nuque de la jeune fille, il l'embrasse à en perdre haleine jusqu'à ce qu'un toussotement les fasse arrêter.

— Mère ! On arrive.

— Je peux parler à ta petite-amie ?

Nick se met devant Crystal comme pour la protéger.

— Je ne lui veux pas de mal.

— Je pense que je ne risque rien, Nick.

Il se tourne, l'embrasse et entre dans la maison. La mère des garçons s'approche d'elle.

— Madame, que puis-je faire pour vous ?

— Alors déjà, je m'appelle Virginie et arrête avec le madame, tu peux me tutoyer. Viens, je voudrais te parler un peu.

Les deux femmes s'éloignent et Virginie commence à parler.

— Je t'ai entendue quand tu as dit à mon fils que tu avais honte de te présenter à nous.

— Oui vous savez très bien d'où je viens et ce que j'ai fait…

— Oui je le sais… je vais te confier un secret de famille qui va t'aider à te décontracter ; je viens du même milieu que toi !

— Quoi ? Attendez, vous aussi vous étiez…

— Une prostituée ! Oui jusqu'à ce que le père des garçons me tombe dessus. Cela a été très dur pour faire admettre notre relation, mais je sais très bien ce que tu vis au fond de toi. La honte, les regards et j'en passe. Mais ici, tu n'as pas à te soucier de ça ! Je t'assure.

— J'étais à cent lieues d'imaginer ça ! Donc vous pouvez me comprendre…

— Ah oui, je crois que je suis très bien placée pour te comprendre, mais crois-moi que ni moi ni le père de Nick te jugerons !

— Merci, vraiment ! Puis-je vous poser une question un peu indiscrète ?

— Avec ce que je viens de te confier, je crois que tu peux me demander ce que tu veux.

— Vous avez commencé à quel âge ?

— À dix-huit ans, je me suis retrouvée dehors… Nick m'a dit que c'était à l'âge de seize ans et que c'est ton beau-père qui t'a obligé… Ma pauvre chérie, je ne comprends vraiment pas qu'on puisse faire ça à un enfant qu'on a élevé !

— Un enfoiré ! Je suis désolée de la vulgarité.

— Non tu as raison, en tout cas si tu veux en parler, sache que je suis là et que je répondrai présente ! Bon, on va rejoindre les autres et surtout Nick, il va finir par se demander ce que je te fais !

Effectivement, sur le perron Nick fait les cent pas avec une cigarette en bouche. Il s'approche de Crystal.

— Tout va bien, princesse ?

— Mais oui, ta mère n'avait pas l'intention de me manger ! Allez, viens, j'ai faim !

Nick sourit et se penche à son oreille.

— Hummm, tu as encore faim ?

C'est au tour de Crystal de le regarder dans les yeux sans se démonter.

— Beh oui, tu crois que ça me suffit cet après-midi !

Elle sourit et entre dans la maison. Virginie qui a assisté à la scène rigole et dit à son fils :

— Je pense que tu as trouvé un adversaire à ta taille !

Nick sourit, il finit sa cigarette et entre dans la maison. Il découvre Crystal en grande conversation avec son frère Darren. Malgré ce qu'il lui a dit, Nick serre les poings. Une main se pose sur son épaule, il sursaute et voit sa belle-sœur Hope.

— Calme-toi, Darren m'a dit qu'il t'avait expliqué. Il n'y a rien entre eux et j'ai une confiance aveugle en ton frère.

— Je sais, mais…

— Mais ce n'est jamais agréable de voit l'élu de son cœur rire à pleins poumons avec quelqu'un du sexe opposé. Je sais ce que c'est, mais regarde, tu taquines bien Nina et James ne te dit rien. Calme-toi.

Darren a dû le sentir, car il se rapproche avec Crystal, il regarde son frère.

— Je te rends ta princesse, j'ai une déesse dont je dois m'occuper !

Darren et Hope se retirent et Crystal caresse le bras de Nick.

— Ne me dis pas que tu es jaloux de ton frère ?

— Non !

— Houla c'est sec ce ton.

Elle se hisse sur la pointe des pieds et s'approche de lui.

— Tu sais qu'il faut que tu arrêtes d'être jaloux comme ça, car ça m'excite et je doute que ce soit convenable de louper le dîner pour que tu me fasses crier de plaisir !

Nick se détend et prend Crystal par la taille.

— Tu es loin d'être une petite souris, mon frère a raison et si je ne me retenais pas…

— Tu vas devoir te retenir mon cher !

Le dîner est annoncé et tout le monde discute aimablement même si on sent encore une certaine tension entre Nick et son père. Crystal essaie de le détendre en lui caressant les cuisses sous la table. Il se met même à bafouiller à un moment, surtout quand la jeune fille approche de sa zone intime.

Après le dîner chacun se retire dans sa chambre et Nick entreprend une petite vengeance sur Crystal qui finit naturellement dans le magnifique lit à baldaquin.

Durant la nuit, Crystal se lève et se met à un bureau, elle attrape du papier et écrit une longue lettre, la dépose sur la table de nuit de Nick, fait ses affaires et s'en va. En partant, elle le regarde tendrement.

— Je t'aime tellement.

La jeune fille prend la moto de David et s'enfonce dans la nuit noire.

Chapitre 15

« *Nick,*

Merci pour tout, tu m'as sauvée il y a quatre ans et tu l'as encore fait maintenant, je ne sais pas comment te remercier. Me sortir de là est le plus beau cadeau de ma vie et t'avoir rencontré est l'apothéose. Tu es dans mon cœur à tout jamais et j'espère que c'est réciproque. Cependant notre amour va devoir faire face à une nouvelle épreuve, je dois partir. Je ne m'enfuis pas, je pars pour renaître en quelque sorte. J'ai besoin de retrouver mes racines, savoir qui je suis, qui est mon père, si j'ai de la famille, j'en ai besoin. Je sais que Darren pourrait le faire facilement, je lui en ai parlé mais, c'est quelque chose que je dois faire moi-même, je le sens au fond de moi et Darren est d'accord.

Mon cœur, je t'en supplie attends-moi, si tu ne peux pas... tant pis, moi je continuerai à t'aimer jusqu'à la fin de ma vie. Je t'aime plus que tout.

Crystal »

En lisant cette lettre à son réveil, Nick est comme un fou, il traverse la maison, arrive au petit-déjeuner, sort son frère de table et lui met son poing dans la figure. Darren se relève et lui fait face.

— Elle devait le faire, je ne pensais pas qu'elle le ferait si tôt, mais...

— Ferme-la ! D'où tu te permets de dire ce qui est bien pour elle ou pas, je ne me mêle pas de ce qui se passe dans ton couple, si ? Tu ne m'en as même pas parlé et tu as fait comme si de rien n'était !!

Tout le monde les regarde, l'air choqué et interrogateur. Nick balance sa lettre sur la table et remonte en furie dans sa chambre. Son sac fait, il enfile son manteau et attrape son casque. Darren le rattrape.

— Tu ne comptes pas refaire une connerie ?

— En quoi ça te regarde de toute façon ? Te rends-tu compte que ma propre femme a plus confiance en toi qu'en moi ! Je ne sais pas ce qui se passe entre vous, mais il n'y a pas que de l'amitié j'en suis sûr !

— Nick, tu te fais des films ! Ne pars pas !

— Je rentre chez moi, ne t'avise pas de venir !

Nick démarre sa moto sur les chapeaux de roue et roule. En fin de journée, il arrive devant un bar qu'il connaît très bien. Deux femmes se jettent à son cou.

— Anaïs, Kate, comment allez-vous ? Ça fait du bien de vous revoir !

— Où est Crystal ? Tu nous avais dit au téléphone que tu l'avais retrouvée !

— Servez-moi une bière, les filles...

Nick explique tout aux filles, Anaïs s'approche de lui.

— Elle reviendra, elle a juste besoin de se trouver, tu l'as aidée à sortir de là et je pense que ce chemin elle doit le faire toute seule.

— Mais pourquoi elle se confie plus à mon frère qu'à moi ! Bordel !

En disant ça, Nick tape son verre sur le comptoir du bar. Kate lui parle à son tour.

— Car elle a trouvé en lui un ami et des fois c'est plus facile de parler à un ami qu'à l'homme qui partage notre vie.

— Mais pourquoi ?

— Le jugement, la peur qu'il refuse et j'en passe… Je pourrais te donner pas mal d'exemples. Ne lui en veux pas, ni à elle ni à ton frère.

— Je venais à peine de la retrouver…

— Tu ne l'as pas perdue, elle reviendra j'en suis sûre ! Il n'y a qu'à voir la façon dont elle te regarde depuis le début et tout ce que vous avez vécu tous les deux, elle ne te laissera pas tomber.

— Je ne sais plus, je… je… Mais, j'entends couiner !

— Ho oui ! Black a dû t'entendre, j'y vais avant qu'il ne nous ruine l'appart !

Kate monte et à peine a-t-elle ouvert la porte que le chien dévale les escalier et saute sur son maître, c'est un moment attendrissant.

— Tiens, tiens, mais regardez qui voilà !

Nick se retourne et se retrouve face à son ami Caleb, il l'enlace.

— Mon pote ! Ça fait tellement de bien de te voir ! Je suis vraiment heureux !

— Oui ça fait un sacré moment ! Je parie que c'est pour les beaux yeux de la magnifique Crystal !

Nick se renferme d'un coup. Caleb le ressent et prend un air un peu plus grave.

— J'ai dit un truc qu'il ne fallait pas, j'en suis désolé mec !

— Non, non, ne t'inquiète pas, juste que je n'ai pas trop envie d'en parler…

Nick explique les grosses lignes et surtout le matin même où Crystal est partie.

— Merde, je suis vraiment désolé mon pote, mais les filles ont raison ! Crystal a craqué sur toi et c'est réciproque depuis le début, elle ne restera pas loin de toi longtemps !

— Je ne sais pas… Bref, Kate tu peux me donner les clés de chez moi ? Je vais rentrer.

— Tu reviens ce soir ?

— Non… Je passerai demain, mais là, j'ai besoin d'être seul.

Nick prend les clés, fait monter son chien sur sa moto en le calant comme il a l'habitude de faire et rentre chez lui. Il ne peut s'empêcher de voir la jeune fille partout. Il va prendre une douche et il croit entendre son portable sonner, mais ne fait pas cas. En sortant, il le prend et voit trois appels en absence d'un numéro qu'il ne connaît pas. Il craint que ce soit Kan. Il s'habille et entend de nouveau le portable sonner, il décroche avec rage.

— Je te préviens Kan ne t'amuse pas à me pourrir la vie, car ma vengeance va te faire transpirer ! Et ne t'approche surtout pas de Crystal, car…

— Nick…

— Que… quoi… Crystal ?

— Tu m'en veux ?

Nick soupire, ferme les yeux et se pose sur son lit en silence.

— J'entends à ton silence que tu m'en veux et j'en suis vraiment désolée…

— Non, je ne t'en veux pas.

— Ce n'est pas bien de mentir !

— Disons que le fait que tu te sois confié à mon frère et non à moi m'a rempli de rage.

— Je sais Darren m'a appelée…

— Et voilà, encore mon frère ! J'en ai marre ! Entre vous, il y a quoi ?

— Ta jalousie ! Nick, il n'y a rien, j'en ai parlé à Darren, car il est détective. Si James avait été détective, je serais allée vers lui ! Oui, avec Darren, on a une petite complicité, mais ça reste de l'amitié ! Tu te fais des idées et tu te fais du mal pour rien !

— C'est quand même bizarre toutes ces cachotteries et… allo ? Allo ? Crystal ! Elle m'a raccroché au nez ! Je n'y crois pas !

Dans la seconde qui suit, il reçoit un SMS : «*Quand tu seras calmé, tu pourras me rappeler à ce numéro, je ne t'ai pas appelé pour me prendre des remarques injustes en pleine tête ! Bonne nuit !*»

Le téléphone portable de Nick vole à travers sa chambre, ce dernier se lève, enfile son boxer et ouvre son frigo. En inspectant ce qu'il y a dedans, il se rappelle qu'il n'a pas été là depuis longtemps et que ce dernier est vide. Il y trouve néanmoins une bouteille de bière et la boit sur sa terrasse. De loin il entend son portable biper, mais il ne se lève pas, il entend sonner, mais ne répond pas. Au moment d'aller se coucher, il le récupère quand même et voit un appel en absence de son frère et un message de Crystal.

«*Tu es en train de tout gâcher…*»

Nick décide de l'appeler, mais Crystal ne répond pas, même au bout de trois fois. Il se prend la tête dans ses bras et se pose sur son lit.

— Je suis un vrai con !

Son chien arrive et pose sa tête sur sa cuisse, il lui tapote la tête et s'allonge sur son lit en pensant à Crystal. Il essaie de s'endormir, mais rien n'y fait, il enfile ses vêtements, son blouson en cuir et attrape ses clés de moto. Il roule sans but pendant une heure. Il se pose même à l'endroit où il avait rattrapé la jeune fille la première fois, lorsqu'elle s'était enfuie de chez Kate. Il arrête sa moto, se penche dessus et réfléchit à tout ce qui se passe puis décide de rentrer chez lui.

Le lendemain Nick est mal en point, il a très peu dormi, il décide d'aller faire deux ou trois courses. Lorsqu'il ouvre la porte de sa maison, il y a un colis sur le pas de la porte. Il se méfie, mais l'ouvre quand même. Dedans se trouve une magnifique montre avec un mot dedans :

« *Un soir tu m'avais expliqué que ta montre fétiche s'était brisée lors d'une course de moto, tu avais eu la rage... Je voulais te faire ce cadeau en face, mais tu n'as pas répondu à mes coups de fil donc je te le dépose ici... Mon but n'est pas de te trahir, mon but est d'être avec toi, auprès de toi, je ne sais pas comment tu vois l'avenir pour nous. Moi j'en ai des images, mais à l'heure qu'il est je ne sais pas si elles sont pareilles...* »

La montre à l'intérieur est exactement celle qu'il avait décrite à Crystal. Il se souvient de ce moment. C'était le soir ou il l'avait empêchée de s'enfuir, il était à cent lieues d'imaginer qu'elle s'en souvenait. Il met sa montre, la prend en photo et envois un MMS à Crystal :

« *Merci... Merci beaucoup ma princesse* ».

Il ne peut pas se mentir à lui-même. Malgré ses crises de jalousie, il est dingue de cette femme-là. Il monte sur sa moto et part faire des courses. Lorsqu'il revient, il reconnaît la voiture de son frère Darren garée et ce dernier est appuyé sur sa voiture. Nick arrête sa moto.

— Tu n'étais pas obligé de sortir le costume trois-pièces pour venir me voir !

— Je bosse en même temps donc je suis obligé et puis nous ne sommes pas tous des « bad boys », le jeans et la veste en cuir ne va pas à tout le monde !

— Bon puisque tu es là, tu veux un café ?

— Oui, je veux bien !

Darren entre dans la maison et s'installe à la table de la cuisine. Nick enlève sa veste de motard et se retrouve en t-shirt, son frère lui sourit et réitère ce qu'il a dit dehors.

Tu vois le style décontracté ne va pas à tout le monde !

— Pourquoi es-tu ici ?

— Crystal !

— Il lui est arrivé quelque chose ?

— Non, je suis juste venu mettre les choses au clair une bonne fois pour toutes !

— Écoute je ne suis pas trop d'humeur là !

— Tu vas quand même m'écouter, car être accusé injustement et qui plus est par son propre frère, ça commence à me gonfler !

Darren tape du poing sur la table et aborde à nouveau ses sentiments purement fraternels envers elle. Les deux frères passent une bonne partie de la journée à discuter de ça lorsqu'un coup de fil les interrompt. Darren décroche.

— Mon cœur ? Que se passe-t-il ? Quoi ? Bon, calme-toi, je rentre de suite ! Moi aussi je t'aime !

Darren raccroche et regarde Nick.

— Hope est l'hôpital, elle a fait un malaise, je dois vite y aller !

— Vas-y vite ! Et... merci, je comprends mieux ! Embrasse Hope pour moi et téléphone-moi !

Darren démarre en trombe et s'évanouit dans la nature. Nick le regarde partir et décide d'appeler Crystal. Il tombe sur la messagerie et lui laisse un message.

— Ma princesse j'ai compris, Darren est venu et m'a parlé, je t'aime et je ne douterai plus, je ne dis pas que je ne serais plus jamais jaloux, mais... pas de mon frère ! Rappelle-moi... tu me manques ! Je vais au bar ce soir,

Kate et Anaïs seraient heureuses de te revoir. Je... Je t'aime Crystal !

Nick raccroche et monte sur sa moto, il arrive devant le bar, qui est bondé, il voit également plein de filles qui s'approchent de lui.

— Nick ! Tu es enfin de retour !

— C'est clair, ça fait longtemps !

— Toujours aussi beau !

— Hum, tu sais, j'habite toujours à la même adresse !

Nick n'a pas le temps de répondre que son portable vibre, un SMS de Cystal : « *Et là ? Je ne devrais pas être jalouse ? Elles ne sont pas en train de te draguer ?* »

Le jeune homme sursaute et regarde partout autour de lui en ignorant les filles. Il y répond directement en se demandant où se trouve Crystal.

« *Tu ne me trouveras pas, ne cherche pas !* »

Nick sourit, envoie balader les filles et entre dans le bar, il leur demande de chanter.

— Mais bien sûr, la scène est à toi, Nick !

Nick monte et regarde de nouveau partout autour de lui, il commence à chanter une chanson d'amour, mais qui est assez poignante. Il sait que Crystal n'est pas loin et qu'elle peut l'entendre. Il explique qu'il est prêt à l'attendre jusqu'à la fin de sa vie, qu'aucune femme n'atteint son niveau, qu'elle est son oxygène, qu'il est fou amoureux d'elle. Sur scène, il est en transe pendant sa chanson et finit même torse nu sur scène, sous les hurlements des filles de la salle. Une fois sa chanson finie, il en enchaîne deux autres puis descend vers le bar boire un coup. Des filles veulent se mettre à côté de lui, mais il les envoie sur les roses. Il regarde son téléphone.

« *Mmh très sexy et tes paroles sont magnifiques ! Comme j'ai envie de me perdre sur tes lèvres, que mes mains se perdent dans tes cheveux et bien d'autres choses...* »

Nick sourit en buvant sa bière, il récupère sa veste et repart chez lui sur sa moto.

Chapitre 16

Le petit jeu entre Nick et Crystal dura un mois. Un matin, la jeune fille se réveille, elle descend et découvre Pierre et Coline en train de déjeuner. Ils lui tendent une lettre.

— C'est le grand jour, tu vas enfin savoir la vérité ! Tu vas enfin savoir qui tu es même si je connais la réponse à cent pour cent.

Crystal ouvre l'enveloppe et des larmes coulent sur ses joues, elle attrape son téléphone et passe un appel.

— Il faut que tu viennes tout de suite, j'ai eu les résultats… Non je ne te dis rien au téléphone, viens de suite !

Au bout de deux heures, deux hommes sont sur le pas de la porte, Coll et Caleb. En ouvrant, Crystal est très surprise.

— Caleb ? Mais que fais-tu là ?

— Et toi que fais-tu chez mes grands-parents ? Nick est dévasté sans toi !

— J'ai du mal à comprendre là… Coll ?

— Tu m'as appelé en urgence, j'étais en concert avec mon fils, donc je l'ai emmené et…

— Attends, Caleb est ton fils ?

— Je suis surpris que tu le connaisses, mais oui c'est mon fils !

Crystal a du mal à tenir debout et avec l'aide de Coline, elle s'assoit.

— Tu vas bien la miss ?

— Oui Caleb, je vais plus que bien !

— Bon tu me donnes les résultats ?

Crystal regarde Coll et elle se replonge quinze jours en arrière. Tout commence lorsque Pierre et Coline parlent de leur petite-fille disparue, ils racontent que la mère est partie avec elle et qu'ils ne l'ont jamais revue. Le récit est vraiment triste. Crystal décide d'appeler Coll pour qu'ils viennent voir ses parents. Lorsque Coll arrive, le couple âgé se sent mieux. Tout le monde passe une bonne soirée et en racontant leur passé mutuel. Crystal et Coll chantent ensemble, on remarque directement que leur voix s'accorde parfaitement. Dans la tête de Coll, tout va vite. Il est persuadé que la jeune fille est tombée amoureuse de lui.

— Écoute Crystal, je dois te parler sérieusement

— Ça tombe bien, moi aussi.

— Oui je n'en doute pas, mais je vais commencer. Nous deux c'est impossible, je suis plus vieux que toi d'une vingtaine d'années ! Je pensais que tu avais un copain en plus...

— Attends, tu crois que je veux que toi et moi on... Ah, mais tu n'y es pas du tout !

— Mais, tu me regardes bizarrement, tu me poses des tas de questions, tu t'intéresses à tout ce que je fais et tu veux chanter avec moi tout le temps... je pensais que tu voulais qu'on...

— Ha non moi j'ai déjà quelqu'un dans ma vie et j'y tiens plus que tout au monde, mais toi.... Avec ce que me racontent Coline et Pierre puis toi, ton passé... je me demande... si ce n'est pas ma mère qui t'a quitté ! Tu me l'as dit toi-même que la femme qui t'avait quitté était une grande blonde aux yeux verts et qu'elle avait un tatouage également, à la hanche, comme ma mère. Alors pourquoi pas !

— Quoi ? Tu penses que je suis ton père ?

— Les dates correspondent, le meilleur moyen de le savoir est de faire un test ADN, si tu es d'accord ?

— Fais-le !

Le couple de petits vieux les rejoint et supplie presque Coll.

— Calmez-vous, je vais le faire sans souci, c'est vrai qu'il y a beaucoup de coïncidences !

Maintenant les résultats sont là et elle les tend à Coll. Ce dernier saisit la feuille et des larmes commencent à couler sur ses joues. Caleb s'inquiète et regarde son père.

— Papa, ça va ? C'est quoi ce bordel ?

Caleb prend la feuille et manque de tomber à terre.

— C'est impossible…

Et pourtant la vérité était écrite sur le papier, il n'y avait plus aucun doute ; Crystal est bien la fille de Coll et en l'occurrence, la demi-sœur de Caleb.

— Tu es ma fille…

Crystal s'effondre dans les bras de Coll et des larmes lui coulent sur les joues. Caleb n'est pas en reste, il se permet même une petite réflexion.

— Et dire que la première fois que je t'ai vue, je t'ai draguée lourdement !

— Vous vous connaissez depuis quand ?

— Lorsque je me suis enfuie du bar de Kan, je me suis réfugiée dans le bar où Caleb a ses habitudes !

— Chez Kate et Anaïs ?

— Oui !

— Ha oui et j'ai oublié de te dire que la jeune fille que tu as devant toi est la petite amie de Nick !

— Non ? Il s'est casé celui-là ?

— Oui !

— Tu ne choisis pas les plus moches et en plus niveau musique et chant il assure !

— Oui et c'est un Wingleton, le surplus !

— Ça, je m'en fous un peu, le principal c'est que je l'aime !

Pierre et Coline embrassent Crystal et se mettent à pleurer également. La vieille femme regarde Crystal.

— Je le savais, je l'ai dit à Pierre la première fois que je t'ai vue ! Je le savais… je suis si heureuse !

— Maintenant que nous sommes tous réunis, tu vas pouvoir retrouver Nick !

— Oui, mais avec une surprise et… de quoi titiller sa jalousie…

— Hum je vois, un peu sadique, mais j'adore ton plan !

Le soir même dans le bar de Kate et Anaïs, Nick vient s'accouder au bar.

— Nick ! Tu vas devoir attendre il y a quelqu'un d'autre sur la scène.

— Pas de souci !

La musique commence et on voit Caleb à la guitare lancer le rythme, tout le monde reconnaît la chanson de Céline Dion «*J'irai où tu iras*». L'ambiance est lancée et tout le monde tape des mains. Lorsqu'une voix féminine entame le chant, Nick écarquille les yeux. Devant lui en habit de rockeuse se trouve Crystal, puis vient la voix masculine, qui n'est autre que le père de Caleb. Il voit également ce dernier très proche de Crystal. Nick prend ses clés et s'apprête à partir, mais Kate l'en empêche.

— Attends, je ne vais pas rester ici à la regarder se trémousser à côté d'un autre homme !

La chanson continue lorsqu'un coup de feu retentit dans le bar. La musique s'arrête et Crystal se cache derrière Coll et Caleb. Nick, quant à lui, se cache dans la pénombre.

— Ma chère Crystal, je t'avais prévenu que je te reviendrais te chercher ! Le petit tour que tu m'as joué m'a déçu... Crois-moi que tu ne seras pas traitée avec les mêmes égards ! Maintenant tu reviens près de moi ou je fais un carnage à ce bar.

Crystal s'apprête à s'avancer, mais Caleb se met devant elle.

— Il faudra me passer sur le corps avant de vous en approcher !

Kan rigole et pointe son arme sur Caleb.

— Ne joue pas à ça petit, elle n'en vaut pas la peine !

Pendant ce temps, des hommes de Kan s'approchent et commencent même à monter sur scène. Caleb veut défendre sa sœur, mais se prend un coup dans la mâchoire. Coll envoie un coup de pied au visage de l'homme en question.

— Je t'interdis de toucher mon fils !

Kan s'approche un peu plus de la scène et sourit à Coll.

— Tiens, tiens, on dirait qu'elle a retrouvé le « musicien raté » !

Crystal s'approche du bord de la scène et regarde Kan, ce dernier lui tend la main.

— Viens, tu sais où est ta place, tu ne les connais pas plus que ça, avec moi tu as une vraie famille, un vrai métier !

Crystal relève la tête. Elle est furieuse. Soudain, elle pointe une arme sur lui.

— Dans ce cas tu vas devoir venir me chercher ! Tu m'as fait assez de mal ! Tu as manipulé ma mère, tu m'as manipulée, tu as failli tuer mon petit ami et maintenant tu voudrais t'en prendre à mon frère et mon père ! Jamais ! Je te crèverai avant !

— Arrête, tu vas te blesser !

Caleb se lève et prend l'arme de Crystal de ses mains puis tire vers Kan, il manque son coup et éclate le lustre.

— Faut savoir viser mon petit, tu crois qu'elle en vaut vraiment la peine ?

— Je vais vous répondre simplement comme un frère. Oui elle en vaut la peine, c'est une sœur formidable !

Coll se lève et s'approche de Crystal.

— Tu me l'as enlevée une fois, mais pas deux ! Sors de là !

— Vous parlez comme ça alors que vous ne la connaissez même pas, vous n'êtes que son père et son demi-frère biologiques !

Caleb sourit et regarde Coll qui sourit aussi.

— Oui tu as raison nous ne sommes que son père et son demi-frère, mais... demande à son mec ce qu'il en pense !

Kan se retourne d'un coup et se retrouve face à un fusil, au bout duquel il aperçoit Nick.

— Ne fais pas appel à tes gardes du corps, je les ai déjà mis KO ! Je t'avais prévenu de ne pas t'en prendre à ma femme !

— Ça ? Ta femme ? C'est qu'une catin, une putain ! C'est tout !

Le poing de Nick atterrit dans la figure de Kan et ce dernier se retrouve à terre. Lorsqu'il veut se relever, il se retrouve avec une dizaine de policiers autour de lui.

— C'est quoi cette histoire ? Vous ne pouvez rien contre moi !

— C'est là que tu trompes, mon cher beau-père. Tout ce que je t'ai volé a été confié à la police et dans tes carnets de clients beaucoup sont contents de témoigner contre toi, ils ne veulent pas tomber ! Les filles aussi sont prêtes à témoigner, tu vas croupir en prison !

En sortant, il découvre Darren et toute son équipe. Il regarde Nick et ce dernier plonge son regard dans le sien.

— Ce n'est pas une catin, c'est une Wingleton ! Ne l'oublie jamais !

Les policiers emmènent Kan loin et Nick, au lieu de rentrer voir Crystal, dépose son fusil à terre et part sur sa moto. Crystal court vers la porte et hurle son prénom, mais c'est trop tard, il est loin.

— Mais il a quoi ?

Darren s'approche d'elle et il est très vite rejoint par Caleb et Coll. Ce dernier regarde Darren.

— Dis-moi, ton frère ne serait pas un peu macho et susceptible ?

— Ho si !

— Pourquoi vous dites ça ?

Crystal ne comprend pas ce qui se passe, elle regarde tour à tour Darren et son père.

— Ton mec là, même s'il t'a défendue… il n'était pas seul à le faire et je pense qu'il est un peu contrarié !

— Il est grave !

— Non, juste fol amoureux de toi !

Kate vient d'apparaître et lui lance les clés de sa moto en lui indiquant de se dépêcher, car il va pleuvoir et qu'elle ne pourra plus passer après. Crystal se dépêche et arrive devant chez Nick.

— NICK ? NICK !!

Ce dernier sort de la maison, torse nu. Crystal est devant lui et la pluie se met à tomber. On se croirait presque dans un film. Comme lorsqu'ils se sont rencontrés, des larmes coulent sur le visage de la jeune fille. Nick court et l'embrasse à en perdre haleine, ils sont trempés tous les deux, mais rien n'y fait, ils restent sous la pluie. Nick prend son visage dans ses mains.

— Crystal… je t'aime !

— Je t'aime, Nick.

Le couple entre dans la maison, Crystal commence à se déshabiller. Nick en fait autant en pensant que c'est juste pour enlever leurs affaires mouillées, mais, quand il croise le regard de Crystal, il sent bien que ça ira plus loin.

— J'ai envie de toi !

Elle s'approche de lui et l'attire dans la chambre sur le lit. Les préliminaires ne durent pas longtemps et l'extase des deux jeunes gens arrive très vite. Ils s'endorment dans les bras l'un de l'autre en se murmurant des mots d'amour.

Épilogue

Deux mois après, la famille de Nick se retrouve devant une magnifique cathédrale. Tous les frères Wingleton sont là ainsi que les belles-sœurs, dont Hope qui, à la suite de son malaise, a appris qu'elle était enceinte. La famille de Crystal est présente aussi, ainsi que tous leurs amis. Tout le monde s'est mis sur son 31 et on ne parle plus que des futurs mariés. La cérémonie commence et tout le monde s'assoit.

Vingt minutes plus tard, aucune nouvelle des mariés. Soudain, un homme entre et donne un papier à Madame Wingleton et à Coll. Ils le lisent silencieusement puis se décident à le lire à haute voix :

« *Nous sommes désolés, mais le mariage est de trop pour nous, nous sommes jeunes, nous voulons vivre et pas de mariage pour l'instant, on s'aime très fort et cela nous suffit !*

À plus tard !

Nick et Crystal »

David regarde ses frères.

— Effectivement ils se sont bien trouvés ces deux-là !

Plus loin sur la route une moto roule à toute allure, dessus un homme et une femme foncent vers leur destin à l'abri de toutes les malversations de Kan Kolling et autres. Ils s'arrêtent sur le bord de la route et l'homme fait passer la femme devant lui.

— Pas déçue ?

— Quoi ?

— Le mariage ?

— Pas du tout ! Je veux vivre avec toi, près de toi, pour toujours ! Mariés ou pas je te serai fidèle à jamais, te respecterai et serai toujours là pour toi, tu es l'homme de ma vie !

Nick sourit, l'embrasse et la regarde droit dans les yeux.

— Pas de doute... Tu es digne d'être une dame Wingleton !

FIN

Vous avez aimé votre lecture ?
Découvrez les autres romans des éditions So Romance
disponibles en format papier et numérique.

À l'ombre de nos frères

Tome 1 : Apparences trompeuses
Louise travaille depuis chez elle. Pour arrondir ses fins de mois et garder son appartement, elle répond au téléphone rose. Jonas, chanteur d'un groupe de rock, a tout plaqué depuis qu'il a perdu un être cher. L'homme à femmes reste prostré dans son appartement, ne chante plus, ne touche plus à sa guitare jusqu'à ce qu'il compose un numéro de téléphone rose. Ces deux êtres que tout sépare vont, sans le savoir, s'apprécier au bout du fil et se détester dans la vraie vie.

Les mots qu'on ne s'est pas dits

Zoé est une jeune femme ambitieuse pleine de projets. La vie lui sourit : elle est acceptée à l'université de Chicago, même si cela lui brise le cœur : elle sera loin de sa famille d'adoption, de ses amis et de Tom... Tom, l'homme avec qui elle a grandi, son meilleur ami qui la connait mieux que personne... Tom, pour qui elle ressent plus que de l'amitié, mais à qui elle n'ose pas avouer totalement ses sentiments. Mais la vie de Zoé est brutalement bouleversée lorsqu'elle apprend que ses jours sont désormais comptés. Aura-t-elle le temps de tout expliquer à Tom ?

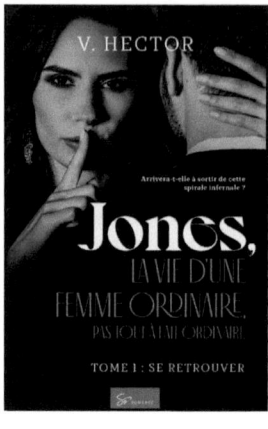

Jones, la vie d'une femme ordinaire, pas tout à fait ordinaire
Tome 1 : Se retrouver

Un passé troublé par des secrets de famille... Une vérité dont elle est la seule détentrice... Des sentiments complexes à lui en faire perdre la tête... Voici un aperçu de la vie de Véra Jones, jeune femme de 22 ans au passé mystérieux vivant à New-York.

Brillante, sensible, menteuse et manipulatrice par la force des choses, cette brunette d'origine française va commencer le long processus de remise en question sur ce qu'elle est et ce qu'elle désire réellement.

Facile vous direz... mais pas si simple quand le coeur et la raison ne s'accordent pas.

Sous ses doigts
Tome 1 : Le secret de Claire

Claire, artiste et illustratrice, rentre chez son père à Saint-Ferréol pour le premier anniversaire de la mort de sa mère. Sa sœur, Cécile, profite de l'occasion pour leur présenter son nouveau fiancé, Tom, qui n'est autre que le premier amour de Claire... Passé le choc de leurs retrouvailles, l'attirance qu'ils éprouvaient l'un pour l'autre autrefois refait surface avec violence. Malgré la passion qui les consume, toute relation amoureuse leur est interdite... Claire parviendra-t-elle le temps d'un week-end à ignorer ses sentiments ? Mais comment oublier son premier amour ?

Pour en savoir plus
www.soromance.com